竇娥冤

關漢卿　撰
王星琦　校注

三民書局

竇娥冤　總目

引言

王星琪

一

竇娥冤是元代偉大的戲曲作家關漢卿的代表作，也是中國古典悲劇中的典範之作。

關於關漢卿的生平事跡，相關的文獻記載零星有一些，然往往語焉不詳，甚至是互相齟齬。前輩與時賢在這方面做了大量的工作，經考辨求索，反覆推論，可大體上勾勒出這位偉大戲劇家一生戲劇活動的基本情況。

元以後有關關漢卿生平事跡的記載，主要有以下七條：

一、元鍾嗣成錄鬼簿卷上：「關漢卿，大都人，太醫院尹。號已齋叟。」（曹楝亭刻本）（案：天一閣刻本、說集本、孟稱舜刻本「尹」均作「戶」。）

二、熊自得析京志名宦傳：「關一齋，字漢卿，燕人。生而倜儻，博學能文，滑稽多智，蘊藉風流，為一時之冠。是時文翰晦盲，不能獨振，淹于辭章者久矣。」（永樂大典卷四六五三天字韻引）

三、郝經青樓集序：「我皇元初并海宇，而金之遺民若杜散人、白蘭谷、關已齋輩，皆不屑仕進，乃嘲風弄月，流連光景。」

（案：說集本無「而金之遺民」五字。）

四、楊維楨鐵崖古樂府宮詞：「開國遺音樂府傳，白翎飛上十三弦。大金優諫關卿在，伊尹扶湯進劇編。」

五、明蔣一葵堯山堂外紀卷八十：「關漢卿，號已齋叟，大都人。金末為太醫院尹，金亡不仕。好談妖鬼，所著有鬼董。」

六、清乾隆新修祁州志卷八紀事關漢卿故里：「漢卿，元時祁州之任仁村人也。高才博學，而艱于遇。因取會真記作西廂以寄憤，脫稿未完而死，棺中每作哭泣之聲。……此言雖云無稽，然任仁村旁有高臺一所，相傳為漢卿故宅。」

七、邵遠平元史類編卷三十六文翰傳：「關漢卿，解州人。工樂府，著北曲六十種。」

首先要辨明的是關氏的名字。漢卿既是其字，那他的名又是什麼呢？張月中先生根據實地考察，在今河北省安國縣一處橋頭碑上發現了「關燦捐銀五十兩」的碑文，遂著文稱：「『燦』即盛明之意，而天地間最負盛明的莫過於銀河了，銀河即天河，在文言中就是『漢』，也稱雲漢、銀漢和星漢。『卿』在人名中與『瑞』相連，即表吉祥之意，如與他字連用即表尊敬，並無實際意義。如此，『漢卿』的實際意義就是『漢』；名『燦』字『漢卿』完全符合我國傳統的名、字緊密相關

的常規。關漢卿名燦，已無可置疑。」❶

案：曹孟德步出夏門行觀滄海中有「星漢燦爛，若出其裏」句，可資補為注腳。至於漢卿之號，已齋、一齋、已齋叟，皆因祁州關漢卿故宅北院有座「一齋樓」而得。「一」通「乙」，乙、已又音同形似，通用自不在話下。如此，己、巳則只能是誤刻訛傳了。結論是關氏名燦，字漢卿，號一（已）齋。

張月中先生還通過實地考察與辨析，指出祁州志中漢卿為「祁州任仁村人」中的「任」字，係「伍」字之誤，這也是無可置疑的❷。漢卿的故里為祁州（今河北省安國縣）伍仁村人，已是關漢卿研究領域的共識。解州（今山西省解縣）當為關漢卿的祖籍（或曾客居於解州），其重要戲劇活動在大都，晚年歸於伍仁村故里，並終老於此。「燕人」說顯然是一種泛指。

此外，還有一個究竟是「太醫院尹」還是「太醫院戶」的問題，各家意見尚未取得一致。筆者傾向於前者是，後者非。關漢卿家族宋金時既是祁州名醫門第，與太醫院的往來自是密切，世襲相承，在民間稱之謂「太醫院尹」，也只是一種泛稱，不必以當時官制中是否有此職官強為說解。錄鬼簿為非官方著作，取了民間習慣稱謂也是很自然的事。這樣一來，也可以解釋何以析京志中將其列入「名宦傳」中了，同時也可以解釋何以關漢卿劇作中經常出現懸壺施術以及岐黃藥

---

❶ 張月中關漢卿叢考，見元曲通融（上）第一一八八—一一八九頁，太原，山西古籍出版社，一九九九。

❷ 同注❶。

理之事了。

因上述片斷記載中提及的「金之遺民」、「大金優諫」以及「金亡不仕」等說法，遂引出了關漢卿生卒年斷限的問題。關於這個問題，各家亦歧見疊出，眾說紛紜。羅忼烈先生曾按照各家所定的年代先後為序，概括為九種說法，現摘錄如下：

一、生於一二一〇年（金大安二年）左右，卒於一二八〇年（元至元十七年）左右——趙萬里先生說，見一點補正。

二、約生於一二一〇年（金大安二年）左右，約卒於一二九八至一三〇〇年（元大德二年至四年）之間——鄭振鐸先生說，見關漢卿——我國十三世紀偉大的戲曲家。

三、生年至遲當在一二一四年（金貞祐二年）之前，卒年至遲當在一三〇〇年（大德四年）之前——亦鄭振鐸先生說，見插圖本中國文學史（作家出版社，一九五八年）第四十六章第五節。

四、生年約在一二三〇年（金正大七年），卒年在一三〇〇年（大德四年）以後——胡適先生說，見再談關漢卿的年代。

五、生於一二二四年（金正大元年）左右，卒於一三〇〇年（大德四年）左右——吳曉鈴先生說，見再論關漢卿的年代。

六、生卒年代約在一二二五年（金正大二年）至一三〇〇年（大德四年）之間——王季思先生說，見談關漢卿及其作品竇娥冤和救風塵。

七、生年約在一二二七年（金正大四年）以後，卒年在一二九七年（元貞三年、大德元年）以後——亦王季思先生說，見關漢卿和他的雜劇。

八、生於一二四〇年（蒙古太宗十二年）左右——馮沅君女士說，見古劇說匯才人考：關漢卿的年代。文中不提卒年。

九、生於一二四一年至一二五〇年（蒙古乃馬真后元年至海迷失后三年）之間，卒於一三二〇年至一三二四年（延祐七年至泰定元年）之間——孫楷第先生說，見關漢卿行年考。

如同羅忼烈先生所言：「由於文獻不足徵，各人的講法表面上雖然持之有據，言之成理，其實仔細考察，也都各有疑竇，只有卒於大德初年以後這一點比較確實，一般被接受。」❸之所以大家都不懷疑漢卿卒年在大德初年以後，乃因漢卿寫過十首〔雙調・大德歌〕，其中木曲寫道：「吹一個，彈一個，唱新行大德歌。」這「新行」的〔大德歌〕顯然為漢卿晚年的作品，而且，「很可能是關氏創製的。今存元人小令，未發現其他曲家寫過〔大德歌〕」❹。為了避免繁瑣考證，筆者這裏徑直取王季思先生說，即上列第六、七種說法，因為如此，「金之遺民」、「大金優諫」等記載方能解釋得通，亦即漢卿金亡時（一二三四）只是一個十歲左右的孩子，所謂「遺民」、「優諫」以及「金亡不仕」等，也只能是一種模糊的說法。

---

❸ 羅忼烈兩小山齋論文集論關漢卿的年代問題第二〇五頁，北京，中華書局，一九八二。

❹ 吳國欽校注關漢卿全集第五九五頁，廣州，廣東高等教育出版社，一九八八。

至此，我們可以綜合各家之說，將關漢卿的生平事跡，作一個簡要的結論：關燦，字漢卿，號一齋，亦作已齋，晚署已齋叟，以字行。元祁州（今河北省安國縣）伍仁村人。約生於金哀宗正大二年（一二二五）前後，卒於元成宗大德四年（一三〇〇）左右。他是一位高壽的作家，享年在八十歲上下。其祖籍當為解州（今山西省解縣），抑或曾客居過解州。他的重要戲劇活動多在大都（今北京），晚年歸於伍仁村故里，並終老於此。關漢卿曾與在大都活動的一些雜劇作家白樸、趙子祥等組織過「玉京書會」，致力於雜劇的創作演出活動，是多才多藝的典型「書會才人」。他精通各種民間技藝和舞臺藝術，有時也「躬踐排場，面敷粉墨」，親自登臺串演。由於關氏家族宋金以來與太醫院聯繫緊密，祁州又是北方藥材重要集散地，漢卿當亦通醫術，這從他雜劇作品中的描寫不難領略到。漢卿一生所作雜劇多達六十餘種，為諸家之冠。今存十八種（其中個別作品是否屬關作，學術界尚有不同看法）。因漢卿入元之後不屑仕進，長期廣泛接觸社會底層，故其雜劇創作題材多樣，往往能深刻反映當時社會的民族矛盾和階級矛盾，對民生疾苦和社會的不公平多有揭露，對下層婦女的社會地位和命運遭遇，尤為關注，並寄予深切的同情。此外，歷史人物、民間傳說等，也是關劇常見的題材。他的優秀雜劇作品竇娥冤、救風塵、單刀會等，均被後人改編成各種地方戲曲，廣泛流傳。關漢卿雜劇的曲詞渾樸自然，生動凝煉，被視為元前期本色派的典範；在情節安排和人物塑造方面，關劇以曲折跌宕和鮮明生動見長，適於舞臺演出，表現出「當行」的特色。除雜劇創作之外，關漢卿兼擅散曲，今存小令四十餘首，套數十餘套，風格以潑辣豪放為主。元人周德清在其中原音韻中將關漢卿與鄭德輝、白樸、馬致遠相提並論，列為四大家之首。

二

竇娥冤雜劇的題目正名為：「秉鑒持衡廉訪法，感天動地竇娥冤」一般都認為，它與單刀會均為漢卿晚年的作品，當作於杭州。「劇中為竇娥平反冤獄的清官，是竇娥的父親竇天章，官為肅政廉訪使。元史世祖紀：『至元二十八年二月，詔：改提刑按察司為肅政廉訪司。』知本劇作於此後」❺。徐沁君先生則認為，竇娥冤創作年代還要向後推：「本劇第三折竇娥在刑場發出三大誓願，第三誓願是：『做甚麼三年不見甘霖降，也只為東海曾經孝婦冤。如今輪到你山陽縣。』元代山陽縣為淮安路治所。淮安路（及揚州等地）確有三年之旱。見元史成宗紀大德元年、二年、三年（一二九七－一二九九）記載，災情甚為嚴重，屢次賑糧免租。劇中所言，絕非向壁虛造。因此，劇中揭出此事，對統治者提出控訴，才能產生『驚天動地』的力量。許多評論竇娥冤的文章，都引用元史成宗紀大德七年（一三〇三）紀事：『七道奉使宣撫所罷贓汙官吏凡一萬八千四百七十三人，贓四萬五千八百六十五錠，審冤獄五千一百七十六事。』這就是竇娥冤悲劇產生的時代背景。」❻徐先生顯然是認為，此劇當作於大德年間了。正是在這樣的背景下，關漢卿「秉

❺ 劉世德從元代的五首詩談元雜劇的幾個問題，上海，文匯報，一九六二年一月二十四日。

鑒持衡」，憤筆控訴，寫下了這血淚冤獄故事。正如題目正名所標示的那樣，竇娥冤的確是一部「感天動地」的大悲劇，也的確當得起王靜安先生所讚嘆的那樣「即列之於世界大悲劇中，亦無愧色也」❼。雜劇從竇娥幼年即遭遇困苦與不幸寫起，深刻地揭露並控訴了當時社會的腐朽與黑暗，真實而生動地揭示出一個善良女子在殘酷的社會現實面前，除了引頸受戮，任人宰割，竟別無選擇。「衙門自古向南開，就中無個不冤哉」！作品通過一系列生動細緻的描寫，憤怒鞭撻了無心正法、草菅人命的封建官僚令人髮指的罪惡，同時滿腔熱情地歌頌了被壓迫、被殘害的市井婦女強烈的鬥爭精神和不屈的反抗性格。

竇娥冤雜劇所概括的社會生活是相當豐富的。從表面上看，孤立無援的寡居婆媳受到市井惡棍的欺侮凌逼，乃是劇本一個偶然的契機，然而它卻是在極為廣闊的社會生活畫面的展示中，透露出異常深刻的思想內涵。竇娥的含冤負屈，無端受刑直至慘遭殺戮，絕非通常意義上的婦女問題所能概括，亦非簡單的冤假錯案所致。她的三樁無頭誓願，源於漢書于定國傳和搜神記中的東海孝婦故事。關漢卿並非一味因襲「本事」的傳奇性記載，而是化腐朽為神奇，創造性地結合元代社會的嚴酷現實，展現了帶有總體性的、意味深長的廣闊社會悲劇畫卷。竇娥冤超越了時代，實質上是對自漢代以來，千百年來世世代代被侮辱被損害的弱勢民眾深重冤憤的昇華和凝煉。如

❻ 徐沁君關漢卿小傳，見元曲通融第一一八七頁，太原，山西古籍出版社，一九九九。

❼ 王國維宋元戲曲考元劇之文章第八五、八六頁，北京，中國戲劇出版社，一九八四。

此說，自然是要站在一定的高度去審視這個千古名劇的。事實上關漢卿在創作中，始終是扣緊元代社會現實的。他在劇本中向人們展示出所謂「覆盆不照太陽暉」的當時社會之種種黑暗：流氓惡棍的肆無忌憚，任意橫行；大小官吏們的貪贓枉法，草菅人命；弱勢的市民（特別是婦女）群體生命財產安全得不到保障；下層知識分子的窮困潦倒，為求生計不得不賣兒鬻女（竇娥去作童養媳，是變相的典賣）等等。所有這些，都在劇作家筆下得到了廣泛而深刻的藝術再現。可見越是真實地反映時代的作品就越具有普遍性。因而，將竇娥冤視為中國古典悲劇中思想與藝術都十分成熟的、成就極高的經典作品，是學術界無可爭議的共識。

要將如此豐富的社會生活內容和如此深刻的思想蘊含，概括在一個固定體例的、篇幅不長的雜劇作品中，就必須對生活素材進行認真選擇、恰當剪裁和精心結構。關漢卿在竇娥冤創作中，表現出高超的組織戲劇結構的才能。首先是詳略得當，鋪敘自如。劇作家將幼年竇娥被父親送到蔡婆婆家抵債寫得極為簡略，放在「楔子」中一帶而過。第一折開始時一下子跳過十三年，我們從蔡婆婆和竇娥的自報家門中得知，端雲自到蔡婆婆家將小字改為竇娥。她三歲喪母，七歲離父，十七歲與蔡婆婆兒子成親，不上二年，丈夫害弱症死了。如今二十歲也。蔡婆婆與竇娥老寡對新寡，相依為命。第一折中寫蔡婆婆討債，賽盧醫賴債並妄圖害死她，恰為張老兒父子偶然撞破，賽盧醫倉惶逃遁。接著劇情迅速發展，引出張老兒父子逼迫蔡婆婆與竇娥婆媳成婚，竇娥堅決不從。第二折，劇情突轉，張驢兒企圖害死蔡婆婆，以便強行霸占竇娥，不料經張驢兒下了毒藥的羊肚兒湯被其父誤食，陰差陽錯，張老兒一命嗚呼，遂使戲劇矛盾複雜化、尖銳化。張驢兒要挾威逼，竇娥仍然誓死不從，於是氣急敗壞的張驢兒惡人先告狀，誣陷竇娥藥死公公，竇娥百般無奈，只能與張驢兒對簿公堂。楚州太守桃杌昏庸不察，冤判竇娥死罪，戲劇衝突進一步激化。

第三折是偉大悲劇的高潮，也是劇作家重彩濃墨、著意發揮的精彩絕倫之筆。這裏突出一個「冤」字，竇娥在臨刑前呼天搶地，怨憤逼人，對黑暗的社會現實作了「天問」式的血淚控訴。其中〔滾繡球〕一曲唱道：

有日月朝暮懸，有鬼神掌著生死權，天地也，只合把清濁分辨，可怎生糊突了盜跖顏淵？為善的受貧窮更命短，造惡的享富貴又壽延。天地也，做得個怕硬欺軟，卻原來也這般順水推船。地也，你不分好歹何為地？天也，你錯勘賢愚枉做天！哎，只落得兩淚漣漣。

此等唱詞不用典故，不飾藻繪，直抒胸臆，明白如話，更由於情真意切，激越飽滿，給人以聲情並茂，酣暢淋漓之美。第三折中還極盡浪漫主義的幻想，以超現實的神異手法，描寫了竇娥刑前迸發而出的三樁誓願，以突出其冤深似海，更以三樁誓願奇蹟般應驗，昭示了冤情之深重足以感天地、泣鬼神，表現出劇作家戲路之寬廣、筆墨之奇崛，同時，也飽含著劇作家對主人公深切的同情。而官府坐視冤情，儘管天地動容卻不改原判，這一筆著實有力，它既從本質上揭露了

「官吏每無心正法」的罪惡，又為第四折竇天章親臨為女兒昭雪平冤作了必要的鋪墊。劇作家暗喻明示，也只有竇娥生身父親做上「提刑肅政廉訪使」這樣的大官，冤獄始能昭雪。即使是如此，也還要竇娥死後冤魂一年不散，衝決官府門神戶尉的重重阻攔，顯靈於其父面前。這說明，在當時社會嚴酷的現實面前，沉冤大白幾乎是不可能的，它只能是劇作家理想主義的一種幻想罷了，幻想背後則是陰慘慘的產生悲劇的時代。

三

竇娥冤藝術上最突出的成就，在於作者成功地塑造了竇娥這一典型化的悲劇形象。這個形象是古代戲曲小說作品中少見的例外。一個普通市井平民女子，命運已足夠不幸，偏又飛來橫禍，偶然中有必然性。她逆來順受，沒有招惹任何人，也沒有與任何人結下宿怨積仇，恭恭謹謹、寂寂寥寥、本本分分過著自己的苦日子。然而那暗無天日的社會卻不容她，乃至招來「身首不完全」的噩運。劇作家如此通過人物形象的遭際來揭露社會的窳敗和吏制的腐朽，真的稱得上是鞭辟入裏，一副「一道血，一層皮」了。竇娥是那樣善良，那樣孝順而又與人無爭，當時社會連這樣一個弱女子都不能見容，其殘酷與腐敗真是令人髮指。劇作家如此敢於揭穿社會的瘡痍與毒瘤，作品豈能不深刻之至！第三折無疑是竇娥性格發展中由隱忍轉入反抗的關鍵之筆。劇作家在這裏通過竇娥反抗性格的展現，集中折射出當時民眾對黑暗統治的強烈憤懣情緒和不可遏止的抗爭精神。

竇娥的呼天搶地和三樁無頭誓願，正是她性格突轉的顯著標誌。一個孤苦無助的弱女子，也只能以死去抗爭，以犧牲自己的個體生命去昭示自己的清白，從而喚醒自己也喚醒千千萬萬的民眾。在第二折中我們看到，善良的竇娥誤認為自己的「遭刑憲」是由於「不提防」，她之所以敢於同張驢兒去見官，是因為她對官府還不了解，或者說她還存在某種幻想，以為自己未做虧心事，便不怕三推六問。「大人你明如鏡，清似水，照妾身肝膽虛實」（〔牧羊關〕）。血淋淋的現實喚醒了她，使她在絕望中猛省，終於迸發出最後的呼喊，這是在特定的歷史環境中，作為一個普通下層婦女所能做出的最強烈的抗爭。關漢卿層次清楚地揭示出竇娥反抗性格的形成脈絡，令人信服地寫出了竇娥性格發展的真實過程，遂使竇娥形象具有動人心魄的藝術感染力。

至於蔡婆婆形象，或以為她放「羊羔兒利」（高利貸），家道殷實，不應視為底層婦女。第一折中竇娥唱道：

想當初你夫主遺留，替你圖謀，置下田疇，早晚羹粥，寒暑衣裘。滿望你鰥寡孤獨，無捱無靠，母子每到白頭。公公也，則落得乾生受。（〔青哥兒〕）

第一折尾曲〔賺煞〕中又唱道：

> 俺公公撞府沖州，闖閩的銅斗兒家緣百事有。想著俺公公置就，怎忍教張驢兒情受？

看來蔡婆婆丈夫的確留下不少家產。她自己也毫不掩飾：「家中頗有些錢財」但孤兒寡母，僅靠積蓄度日，只出不進，坐吃山空，怕是自有許多難處。況且元代放「羊羔兒利」幾成一種風氣，大有大放，小有小放，並非什麼了不起的事。打個近乎蹩腳的比方，猶如今天人們買股票一樣，因而不必在這一點上去苛求。蔡婆婆形象顯然是劇作家著意設計的，用以襯托竇娥形象，從而使竇娥形象更加鮮明的匠心所在。是對比，也是反襯，更是一種相映成趣：一軟弱，一剛強；一優柔寡斷，一斬釘截鐵；一遇事六神無主，一臨危不卑不亢。總之，劇作家以巧妙且渾化無跡的筆觸，將兩個人物都寫活了。不消說蔡婆婆的確是有些糊塗的，當竇娥質問婆婆「六十以外的人，怎生又招丈夫」時，蔡婆婆道：

> 孩兒也，你說的豈不是！但是我的性命全虧他這爺兒兩個救的。我也曾說道：待我到家，多將些錢物酬謝你救命之恩。不知他怎生知道我家裏有個媳婦兒，道我婆媳婦又沒老公，他爺兒兩個又沒老婆，正是天緣天對！若不隨順他，依舊要勒死我。那時節我就慌張了。莫說自己許了他，連你也許了他。兒也，這也是出於無奈。

情急之下，竇娥又氣又恨，自然是搶白了婆婆一翻。蔡婆婆反覆強調的只是蒙人救命之恩，百般無奈：「我的性命，都是他爺兒兩個救的。事到如今，也顧不得別人笑話了。」又說：「那個是要女婿的！爭奈他爺兒兩個自家捱過門來，教我如何是好？」正是在這一來一往的對話中，兩個人物的性格層次分明地凸顯出來。事實上蔡婆婆亦被置於黑暗勢力的刀俎之上，同樣是一個受害者。說起來她的命運已夠不幸，先是中年喪夫，又痛失親子，婆媳倆老寡新寡相依為命，雖說家有積蓄，吃穿不愁，精神上的孤苦與愁悶是不言而喻的。及待索債不成險些送命，偏偏又遭遇強梁要挾逼迫，可謂禍不單行。她未失善良的心地，不僅免除了竇天章本利四十兩銀子的欠債，又格外送他十兩銀子和「些少東西」作為上朝取應的盤纏。童養媳制度的罪與不罪這裏姑且不論，在這個個案中，竇天章是不得已而為之，蔡婆婆亦不失憐憫之心，自有兩方便處，至少年幼不幸的竇娥有了個歸宿。總之，蔡婆婆是一個真實的、活生生的市井中市民婦女形象，透過這個人物形象，庶幾可以窺見元代市井生活中的一個側面。

張驢兒形象我們留待後文再談。

現實主義與浪漫主義相結合的創作方法，也是竇娥冤藝術上明顯的特色。前兩折基本上採用現實主義的手法，後兩折則馳騁浪漫主義的奇思妙想，且二者結合得相當完美。如此駕馭自如、渾融無跡的創作經驗，可視為中國古典主義戲劇中的一個範例，對後世產生了深刻的影響，即使在今天，仍然具有一定的借鑒意義。

此外，竇娥冤的曲詞、賓白都寫得老辣從容，自然本色。王國維曾列舉第二折〔鬥蝦蟆〕曲稱其「直是賓白，令人忘其為曲。元初所謂當行家，大率如此；至中葉以後，已罕覯矣。」並且說：「關漢卿一空依傍，自鑄偉詞，而其言曲盡人情，字字本色，故當為元人第一。」❽特別是第三折，寫得激情如火，氣氛如潮，遣詞用語如迅雷疾電，音調節奏似驟雨狂風，且不失當行本色，直入化境。就連插科打諢也用得極巧，於妙趣橫生之餘，閃現出冷峻的思致，大有所謂「黑色幽默」的味道。如昏官楚州太守桃杌上場時的一段科諢穿插，他但見了告狀的就連忙跪下，口稱衣食父母。劇作家以誇張、怪誕的手法，活畫出貪贓枉法的昏官嘴臉，不僅平添了無限機趣，活躍了場子，更增強了作品的諷刺與批判力量。這一忙中閒筆，不可輕易放過，須是仔細玩味之處。足見關漢卿是一位熟悉戲曲舞臺，筆墨靈動活潑的斫輪巨匠。

四

以上我們對竇娥冤雜劇的思想與藝術作了一些簡要的分析論述，主要著眼於作品在客觀上所給予我們的顯而易見的感受，或者說，是從作品社會性衝突的視角去審視的，即研究者基本上能夠取得共識的層面上展開探討的。然而，關漢卿不僅是一位古典主義的戲劇大師，更是一位近代精神啟蒙的先驅者。關劇的思想文化意蘊往往呈現出異常複雜的、多元並存且渾化無跡的情況。

❽ 同注❼。

猶如詩歌有寄託，小說有複調，關漢卿戲劇作品的意蘊大多也並非是單一的、一望而知的。對竇娥冤的深層意蘊，長期以來，多有探微抉幽、開掘闡發者，有些見解可謂推陳出新，振聾發聵，足以啟迪後學。如郭英德先生就認為關漢卿在竇娥冤中，「只不過是把經濟剝削、政治壓迫作為悲劇的一種背景，一種偶然的機緣，來加以描繪的；而不是如我們所一廂情願地認為，作為悲劇的根源，悲劇的決定性因素」。他還進一步認為竇娥冤的戲劇衝突有三個層面，即社會衝突、道德衝突和意志衝突。郭先生指出：「關漢卿建立在傳統文明基礎上的樂觀自信精神，即相信古老而悠久的道德文明，毋庸置疑地是不可抗拒、不會毀滅的。傳統的道德文明，即使因為外族的入侵和別種文化的輸入而暫時蒙塵被難，但最終還是會光復、會發揚光大的。」其結論是：「關劇中潛藏的這種對傳統道德的懷舊情調和復古企望，是中華民族心態的重要組成部分，至今仍流動在大多數中國人的血管中。而關劇所呈現給我們的對道德與現實兩難抉擇這種深沉的文化困惑，至今不也常常縈繞有識之士的心靈，促使他們進行不懈的文化探索麼？能給人長期的精神滋養和思想啟迪的作家是不朽的，關漢卿正是這樣的作家。」❾這無疑是一個有價值的思路。說的雖是對關劇的總體認識，但也不失為探討個案如竇娥冤深層意蘊的一條途徑，甚至對整個元雜劇思想文化意蘊的把握，似亦具有普遍意義。

我們知道，元代是一個特殊的歷史時期，草原游牧文化與中原農耕文化的碰撞與融合，使這

❾ 郭英德關劇文化意蘊發微，北京，戲曲研究，一九八九年總第三十輯。

一時期的思想文化背景變得異常複雜。一方面元代漢族士人呼喚承嗣接續漢民族傳統文化，對漢民族的宗法觀念與人倫思想自覺維護，著意張揚，對所謂「禮崩樂壞」和「世風日下」痛心疾首。因而文人劇作家普遍關注「秩序」的混亂問題，表達懲惡揚善的理想，渴望傳統人倫精神的回歸，自覺不自覺地流露出民族意識。另一方面，草原文化與中原文化既有碰撞又有交融，且草原文化為中原文化吹來清新的空氣，此後也成為中華文化的一部分。我們這裏更多的著眼於「碰撞」，乃是因為元雜劇作品，特別是前期作家的作品，確有特別強調漢民族傳統宗法觀念和人倫思想的傾向。在人情世態劇中這種傾向就更為明顯。如鄭延玉的看錢奴、武漢臣的老生兒、張國賓的合汗衫以及無名氏的漁樵記、貨郎擔等劇作，均屬此等。

在竇娥冤中，竇娥的家族觀念表現得非常突出，她不僅維護著公公的財產不被外姓人侵掠與「情受」，而且「家門」觀念根深蒂固。在張老兒誤食羊肚兒湯死後，她勸婆婆說：

不如聽咱勸你，認個自家晦氣。割捨的一具棺材，停置幾件布帛，收拾出了咱家門裏，送入他家墳地。這不是你那從小兒年紀指腳的夫妻。我其實不關親，無半點恓惶淚。（鬥蝦蟆）

張家父子是外來闖入者，竇娥竭力抵禦著這突兀而來的無端侵擾，捍衛著自家的安全和利益。

施叔青女士曾引用其老師俞大綱先生的話，來說明合汗衫雜劇的意外之意：「如合汗衫，把一個陌生人引了進來，卻造成了一家人妻離子散的悲劇。……中國人極端保守，從建築的結構就可以看出是十分防禦性的，農業社會十分封閉，對於外來的闖入者在恐懼之餘，多半不受歡迎，認為外來的力量具有侵略性，甚至足以造成摧毀一個村子、一個宗族的導火線，元雜劇合汗衫正是反映了中國人疑懼外來者的心態。」❿此劇中的陳虎是「外來闖入者」，老生兒中的張郎也是，竇娥冤中的張家父子更是。從角色的名字也可以看出，虎、狼（郎）、驢兒，猛獸、畜牲也。其實看錢奴中的賈仁、貨郎擔中的張玉娥、魏邦彥以及一些劇作中符號化了的柳隆卿、胡子傳等，都有同樣的意味，這似乎可以看作是元雜劇作家的一種集體無意識。符號化了的「外來闖入者」形象，暗寓著劇作家們在特定的歷史時期一種特殊的文化心態，其背後正是對傳統宗族觀念與人倫思想的追懷，潛藏著濃厚的民族意識。

宗族意識和人倫觀念是一個歷史的存在，它的形成與發展有著漫長的歷史文化淵源。梁漱溟先生認為中國文化的長處，一在倫理情誼，一在以是非觀代替厲害觀。又強調指出：「倫理秩序初非一朝而誕生。它是一種禮俗，它是一種脫離宗教與封建，而自然形成於社會的禮俗。……即此禮俗，便是後二千年中國文化的骨幹，它規定了中國社會的組織結構，大體上一直沒有變。」⓫

❿ 施叔青西方人看中國戲劇第二七六頁，北京，人民文學出版社，一九八八。

⓫ 梁漱溟中國文化要義第一一八頁，上海，學林出版社，一九八七。

縱觀兩千年來中國的歷史與文化，事實上宗族觀念與人倫思想既是封建統治者專制壓迫的核心思想，又是中華民族得以凝聚和綿延的精神支柱；它既是統治階級的思想，又是一種世俗化了的禮俗。它在正負背反以及超越性與局限性的兩重性中，呈現出錯綜複雜的情況。即在不同的歷史時期，它的內涵和表現形態有著很大的不同；或者說在不同的時代背景下，人們對它的認識與理解也有所不同。然而它總體精神一直沒有發生質的變化。如果說在其他歷史時期特別強調它可能會有不同程度的負面影響，那末在元代這個特殊的背景下，強化它以寄寓作家的一種特別的情懷，就另當別論了。這是在特定文化背景下所產生的一種特定的心理趨勢。元前期雜劇作家在草原文化的猛烈衝擊之下，起而以維護漢民族的宗法觀念與倫理思想為己任，意欲接續中原傳統文化，對所謂「綱常鬆弛」、「世風日下」的局面進行救贖，顯然是有一定的積極意義的。關漢卿正是在這樣的意義上挺身站在最前沿的作家。

我們知道，中國人家與國往往是交相而稱，互文而用的，又常常是以天下觀代替國家觀，再以家族（庭）觀去實踐國家觀，即所謂「修身齊家治國平天下」，將個人命運與家庭、民族利益融為一體，從而使「故園」與「故國」具有相通甚至是難以區別的意義。關於這一點，即便是外國學者也看得很清楚。愛德華・麥克諾爾・伯恩斯等著世界文明史中寫道：「雖然家庭總是基本的社會組織，但這種情況在中國幾乎到了獨一無二的程度。中國的家庭是一個緊密組織起來的單位，致力於防備任何外界的官方或非官方的力量，以維護它的成員的利益。它大概還是下層階級對抗無限制剝削的唯一有力的保護者。……中國家庭不只是一個經濟的和社會的單位，同時也是一個宗教的和政治的單位。……在中國的大部分時期，普通人的宗教生活主要是照料他的家庭墳塋和祖先神靈的祈禱和供奉。作為一個政治單位，家庭執行紀律，並把它的某個成員的劣行看作是集體的恥辱。」⑫明乎此，庶幾可以讀懂何以竇娥不遺餘力地責備蔡婆婆，埋怨她輕許再嫁，亦可以明瞭「收拾出了咱家門裏，送入他家墳地」背後的潛臺詞，更能悟出竇娥竭力維護公公遺產的心理依據。倘若再深入開掘一層，亦不難領略關漢卿的良苦用心。有如趙氏孤兒以「趙」氏隱喻趙宋王朝，老生兒以「劉」氏暗指劉漢天下，新生兒恰恰是恢復漢家天下的一個希冀的聯想⑬。關漢卿通過竇娥形象所要傳達的故國情懷和民族意識也是不言而喻的。總之，宋金元之交，呼喚重振漢民族宗族意識和人倫思想，可以看作是一股潮流——即是使漢民族禮俗與文化免於淪喪的一種心理上的掙扎與努力，也可以看作是一種集體無意識，它是解讀元雜劇不可忽略的一個思維途徑，值得引起我們的足夠重視。

說到宗法觀念和人倫思想，不能不涉及「孝」的問題。在竇娥冤中，更是無法迴避這個問題。說中國文化是孝的文化，從某種意義看可謂是一語破的。這是因為在五種倫常關係中，最重要的

⑫（美）愛德華・麥克諾爾・伯恩斯、菲利普・李・拉爾夫世界文明史第一卷第一八七－一八八頁，羅經國等譯，北京，商務印書館，一九九五。

⑬王星琦元雜劇〈老生兒〉新探，上海，戲劇藝術，一九九六年第二期。

環節是家族關係，占了五倫的三種，即父子、夫妻、兄弟。而君臣關係、朋友關係乃是父子、兄弟關係的擴大與衍生。倘若再深入一層思考，父子關係更是宗法觀念和人倫思想之核心，它是血親與嫡傳，直接關係到宗族的繁衍與和諧。老生兒、趙氏孤兒中的隱喻與聯想，其根在此。竇娥冤的本事之一東海孝婦傳說，突出的正是一個「孝」字。關漢卿在劇本創作中，又著意突出了竇娥的孝順與善良，這不僅表現在桃杌要對蔡婆婆用刑時，竇娥挺身擔戴罪名，以及赴刑場時著公人走後街，擔心婆婆傷心。實際上她責備婆婆不應輕易再嫁不良之輩，力拒張驢兒挾迫、堅決維護家族財產不受侵犯等，也是孝。前者是對已故公公的孝，後者則是對家族的忠。劇作家正是在竇娥這種尚情無我精神的渲染中，流露出濃重的對傳統文化的追懷與呼喚，就中寄寓了對古老道德文明重新光昌的期望。說到底，張揚的無非是一種揮之不去的民族意識和文化尋根的情懷。在蝴蝶夢雜劇中，關漢卿的這種情懷似更為濃烈。當王家三兄弟為父復仇，打死惡霸葛彪後，王婆婆明知要吃官司，關鍵時刻，「這正是家貧也顯孝子」（〔天下樂〕）。她告訴三個兒子：「你合死呵今朝便死，雖道是殺人公事，也落個孝順名兒。」（〔醉中天〕）「你為親爺雪恨當如是，便相次赴陰司，也得個孝順名兒。」（〔柳葉兒〕）王婆婆心想，無非一命抵一命，「只不過一人處死，須斷不了王家宗祀，那裏便滅門絕戶了俺一家兒」（〔賺煞〕）。「孝」字在蝴蝶夢中幾乎貫穿了全劇，王婆婆意欲以己出的王三去抵命，亦見出有情無我的家族觀念根深蒂固。值得注意的是，王婆婆的為兒子申辯、探監，王家三兄弟爭相頂罪的描寫，由孝而悌，家族觀念和人倫思想在劇中融會貫通，尤為值得深味。在第二折中，包待制理清了案子的前因後果之後說：「似此三從四德可褒封，貞烈賢達宜請俸。」最後包待制以盜馬賊趙頑驢冒名頂替，償了葛彪之命。王家一門旌表，加官封賜。自然這是一個理想化了的結局，就中寄寓的恰恰是劇作家建立在傳統道德文明基礎上的樂觀精神與堅強信念。這在特定的社會背景下，顯然被賦予了特殊的意義。此外，學者們一般都認為，葛彪的身分是有影射之義的。他是「權豪勢要」，有的本子又稱其葛皇親，即使是所謂「平人」，也是蒙古平人。他口口聲聲打死人「只當房檐上揭片瓦相似」，其身分地位與「漢兒」不可同日而語。如此，關漢卿在蝴蝶夢中所流露出的民族意識，似亦不言自明了。關劇其他作品，或隱或顯，也都不同程度存在這種情況。

將蝴蝶夢與竇娥冤對讀發明，不難窺見關漢卿對劇作的良苦用心，其劇作中的深層意蘊非他，乃是一種深沉的傳統文化情結以及高屋建瓴的歷史觀照、心靈求索。正如利奧奈爾・特里林(Lionel Trilling)所精闢論述的那樣：「我本人通常將文學情境視為一種文化情境，將文化情境視為精心設置的、重大的倫理問題之爭；這種倫理問題之爭與偶然獲得的『個人形象』有關，而個人存在之意象則與作者的寫作風格有關：在表明這一點之後，我感到我就可以自由地從我認為是最重要的問題開始——作者的愛憎，他的意圖，他想要的東西，他想要發生的事。」⑭倘若我們將竇娥冤的戲劇情境及其戲劇衝突置於元代特定的歷史文化背景之中，再從倫理的層面深入發掘，

⑭ 轉引自（英）斯蒂芬・柯里尼編詮釋與過度詮釋導論第二一頁，王根宇譯，北京，三聯書店，一九九七。

關漢卿的愛憎、意圖以及他想要表達的思想等等，即他的命意題旨，庶幾可捫觸得到。

此外，筆者還注意到，不少的論者在探討竇娥形象時，都注意到了第一折中竇娥一出場所唱的曲詞，以為其中隱含著一個年輕寡婦難以言傳的性苦悶心理。我們不妨來看看這些唱詞：

〔仙呂・點絳唇〕滿腹閒愁，數年禁受，天知否？天若是知我情由，怕不待和天瘦。

〔混江龍〕則問那黃昏白晝，兩般兒忘餐廢寢幾時休？大都來昨宵夢裏，和著這今日心頭。催人淚的是錦爛熳花枝橫繡闥，斷人腸的是剔團圞月色掛妝樓。長則是急煎煎按不住意中焦，悶沉沉展不徹眉尖皺；越覺的情懷冗冗，心緒悠悠。

接下來的一曲〔油葫蘆〕，也有「嫁的個同住人，他可又拔著短籌；撇的俺婆婦每都把空房守」句，看上去確有被壓抑的怨尤之意。然細細繹之，連著的幾曲要突出的仍然是孝。「我將這婆侍養，我將這服孝守，我言詞須應口」，此劇的情境在此不在彼。若言關漢卿自然流露出對筆下主人公的深切同情可，倘就這幾曲認定是著意要突出竇娥的性壓抑心理則非。不錯，「閒愁」在詞曲中往往有特定指義，這在柳永詞和西廂記中都不難找到佐證。竇娥是一個二十歲的寡婦，其寂寥與孤苦自不待言，劇作家懸想忖度，體味人情事理，替劇中人物設為內心獨白，純屬自然而然。誠如王世貞所言，曲家「體貼人情，委曲必盡，描寫物態，仿佛如生」(曲藻)，如此而已。倘一味粘著於枝節，過度闡釋，難免陷入見木不見林的窘境。況且，在關劇中，同情婦女，特別是關注下層婦女的遭遇運命，乃是一貫的作風。只是在竇娥冤中，劇作家更有遙深的寄託，〔點絳唇〕等曲詞，也只是漢卿人道主義精神的自然流露。當然，大師看上去順情率性之筆，亦非可有可無，更非贅筆，它強化了全劇的悲劇性情調。帕克在他著名的美學原理中，曾以索福克勒斯筆下的安提戈涅為例，說明了類似描寫的意義：「在安提戈涅中，我們始終欽佩女主人公悲劇性的虔誠的勇氣，但是，在她臨終前，悲嘆了她虛擲的青春和美麗的時候，我們才感到這種犧牲需要多麼大的力量。也許有人認為，這種悲嘆是在描寫了堅韌不拔之後來描寫軟弱，因此是一個美中不足之處；我認為，詩句給人的印象恰恰相反，因為力量是用它所戰勝的事物來衡量的。」竇娥的悲嘆與安提戈涅略有不同，是在她捲入冤案、慘遭殺戮之前，然其意義卻大體相同。如此一個連連遭遇不幸的弱女子，黑暗的現實社會都不能容她，其殘酷與惡濁可想而知。竇娥被吞噬的豈止是青春與美麗？

五

竇娥冤雜劇，見於著錄的有：

天一閣本錄鬼簿

太和正音譜

元曲選目

曲海目

重訂曲海目

也是園書目

今樂考證

曲錄

其中天一閣本錄鬼簿作題目「湯風冒雪沒頭鬼」，正名「感天動地竇娥冤」，簡名竇娥冤。也是園書目、今樂考證、曲錄均作正名「感天動地竇娥冤」，餘皆作簡名竇娥冤。

今存版本有：

脈望館古名家雜劇本（即陳與郊本）：題目「後嫁婆婆忒心偏，守志烈女意自堅」；正名「湯風冒雪沒頭鬼，感天動地竇娥冤」。

酹江集本（即孟稱舜本）：題目「秉鑒持衡廉訪法」；正名「感天動地竇娥冤」。

元曲選本（即臧晉叔本）：題目「秉鑒持衡廉訪法」；正名「感天動地竇娥冤」。

本書校勘，以元曲選本為底本，參考了前輩時賢諸多校注整理本，如王季思主編全元戲曲本（人民文學出版社，一九九九）、王學奇主編元曲選校注本（河北教育出版社，一九九四）、吳國欽校注關漢卿全集本（廣東教育出版社，一九八八）、徐征等主編全元曲本（河北教育出版社，一九九八）等，其中尤以王季思先生全元戲曲本借鑒最多。比勘下來，脈望館古名家雜劇本與元曲選本其實出入不是很大，臧晉叔補充了一些曲詞，平心而論還是補寫得很得體的。故明人所編諸戲曲選集，此本流傳最為廣泛，影響也最大。對於臧晉叔的訂改，晚明以來一直存在著兩種針鋒相對的看法，或頗有微詞甚至一筆抹煞者；或充分肯定臧氏為有功於戲史者。功過是非，各執一端，筆者贊同絕大多數研究者的意見，以為臧氏功大於過，基本上肯定他的改訂。美國學者奚如谷 (Stephen West) 認為：「這是一種極成功的改寫，他參考了很多城市商業戲院所刻的各種本子，去除了這種商業文化的價值觀念和語言標誌，而代之以自己理想的東西。他在改寫中遵從成體系、完整統一的原則，使劇本意思明確，語言一致。」又指出，改本「優點確實很多，但臧氏畢竟屈從於時代讀者觀念的壓力，把占統治地位文學作品中的理想觀念寫入了劇本」⓯。這樣的評價大體符合實際，可惜奚氏未弄懂元代士人的普遍社會心理，如我們在上文中揭示的那樣，元劇中宗族觀念、人倫思想是一個特殊的存在，它不是臧氏「自己理想的東西」，而是原本中固有的東西。臧氏所處的時代，晚明人道主義思潮已蔚成風氣，說臧氏「把占統治地位文學作品中的理想觀念寫入了劇本」，似難說得通。另外，將臧氏的「改訂」說成是「改寫」，也不符合實際情況。按之諸本，不難見出臧氏是尊重原本的，總體上看他是謹行慎為的。其改訂是「善改」，而非「擅改」；是修訂潤飾，而非任情率意。在這個問題上，鄭尚憲先生的意見是富於啟發性的：「綜觀古今中外的戲劇舞臺，文學劇本一絲不變地被用作舞臺腳本的事情從未有過。因此我們是否可以

⓯（美）奚如谷臧懋循改寫〈竇娥冤〉研究，張惠英譯，北京，文學評論，一九九二年第二期。

這樣認為：對於戲曲劇本，關鍵的問題不在於能否改動，而在於如何改動，即是否尊重了原作，是否保持了原作的基本面貌，是否對原作有所提高，使之更利於演出和流傳。假如是這樣的話，就應該予以肯定」⑯。不消說，鄭先生是肯定臧本的。其實奚如谷先生只要廓清了劇本中張揚傳統倫理道德理想的特殊社會文化背景，其意見也是可取的。關於臧本的是非功過，諸家意見尚多，恕不一一列舉。這裏只是想說明，我們選擇元曲選本作為底本的根據與理由。

本書校點，多從王季思全元戲曲本，但也有不少地方對比各家，審慎斟酌，擇善而從。如第二折的〔鬥蝦蟆〕曲，全元戲曲本與各家多有不同。因此曲是名曲，王靜安先生曾擊節讚嘆其佳，其斷句想是經再三揣摩的。其中「割捨的」以下諸句，全元戲曲作：

割捨的一具棺材停置，幾件布帛收拾，出了咱家門裏，送入他家墳地。……

王靜安先生宋元戲曲考元劇之文章作：

割捨的一具棺材，停置幾件布帛，收拾出了咱家門裏，送入他家墳地。……

⑯ 鄭尚憲論元曲選本竇娥冤及其給我們的啟示，載山西師範大學戲曲文物研究所編中華戲曲一九八八年第一期，太原，山西人民出版社，一九八八。

這裏問題主要是，「停置」該如何理解？若訓為入殮，前者文義可通。然「幾件布帛收拾」卻沒頭沒腦，令人費解。案，「停置」又作「置停」，方言中為「置辦」之義。王學奇元曲選校注本注為「購買」，意甚近之。故王靜安先生的斷句可取。「收拾」屬下文，全曲就貫通了。

類似例子還有一些，茲舉一而反三可也。

為了避免繁瑣，本書不出校記，在比勘諸本，擇善而從時，在注釋中加以說明。依於元曲選本者，不再注出。凡異體字，如「吃」作「喫」，「早」作「蚤」等，一般採取徑改的辦法處理，不出注。個別字第一次出現時注明，重複出現時徑改。

注釋部分，我們盡可能在參考已有注本的基礎上，注出些新意，既顧及到語詞出處原委，又力求簡明扼要，力避繁瑣羅列，旁徵博引，務求貫通，以利於讀者閱讀。注書難，注元曲尤難，特別是市井俚詞俗語，切口方言，即便是根據上下文弄懂了意義，卻難徵於辭書文獻。筆者雖已盡力，疏漏與舛誤怕是在所難免，尚祈海內外讀者方家有以教我。

明萬曆博古堂刻本元曲選中的竇娥冤插圖

折目

楔　子❶

（卜兒❷蔡婆上，詩云）花有重開日，人無再少年。不須長富貴，安樂是神仙❸。老身蔡婆婆是也。楚州❹人氏。嫡親三口兒家屬。不幸夫主亡逝已過。止有一個孩兒，年長八歲。俺娘兒兩

❶ 楔子：元雜劇中序幕或過場戲的稱謂。一般置於開篇，相當於「引子」；亦可放在折與折之間，起結構上的連結作用。楔，音ㄒㄧㄝˋ。楔子本為木工術語，指一端平厚、一端扁銳的竹或木片，用於插入榫縫或空隙中，起加固或堵塞作用。元雜劇中的楔子，往往不用套曲，只唱一二支小曲，曲牌多用〔正宮・端正好〕或〔仙呂・賞花時〕。清李漁閒情偶寄詞曲上格局：「元詞開場，止用冒頭數語，謂之『正名』，又曰『楔子』。」古名家雜劇本無此楔子，將其置入第一折。

❷ 卜兒：元雜劇中角色行當術語，稱扮演老年婦人者為「卜兒」。清人焦循劇說：「卜兒者，婦人之老者也。」或以為「卜」是「婆」的簡字，「卜兒」即「婆兒」。又或以為宋元人把「娘」省寫為「㚢」，再省作「卜」，卜兒就是老娘、老婦的意思。

❸ 花有四句：此為「定場詩」。緊接著是角色介紹自己身世的一段獨白，稱作「定場白」。在南戲和後來的明清傳奇中，叫「自報家門」，是傳統戲曲開場時介紹人物關係和人物行動的慣常形式。

❹ 楚州：宋置楚州山陽郡，故治在今江蘇省淮安縣。

個過其日月。家中頗有些錢財。這裏一個竇秀才，從去年問我借了二十兩銀子，如今本利該銀四十兩❺。我數次索取，那竇秀才只說貧難，沒得還我。他有一個女兒，今年七歲，生得可喜，長得可愛。我有心看上他，與我家做個媳婦，就准❻了這四十兩銀子，豈不兩得其便！他說今日好日辰，親送女兒到我家來。老身且不索錢去，專在家中等候。這早晚竇秀才敢待來也。（沖末❼扮竇天章，引正旦❽扮端雲上，詩云）讀盡縹緗❾萬卷書，可憐貧煞馬相如❿。漢庭一日承恩召，不

---

❺ 本利該銀四十兩：金元時的一種高利貸，稱「羊羔兒利」，即以每年本利倍增的辦法放債。元好問遺山先生文集卷二十六順天萬戶張公勛德碑記：「歲有倍稱之積（債），如羊出羔，今年而二，明年而四，又明年而八，至十年則貫而千。」

❻ 准：折合；抵償。管子山至數：「君有山，山有金以立幣，以幣准穀以授祿。」

❼ 沖末：元雜劇中男主角正末之外的重要男性角色。王國維古劇角色考：「曰沖，曰貼，曰外，均為一義，謂於正色之外，又加某色以充之也。」

❽ 正旦：元雜劇中女性角色稱之為旦，正旦即女主角。漢桓寬鹽鐵論散不足第二十九記民間戲弄已有「胡旦」之目。清方以智通雅卷二十五：「胡旦，即漢飾女伎，今之裝旦也。」

❾ 縹緗：指書卷。縹，淡青色絲帛。緗，淺黃色絲帛。古人習慣用此二種顏色的絲織品製成書囊或書衣，因以代指書卷。以下四句為定場詩，古名家雜劇本只有兩句，作：「腹中曉盡天下事，命裏不如天下人。」

❿ 馬相如：即司馬相如的省文。字長卿，蜀郡成都人。西漢著名辭賦家。史記司馬相如列傳云：「相如至臨邛，富人卓王孫為具召相如。卓有女文君，新寡，相如以琴心挑之，文君夜亡奔相如。」司馬相如曾

說當罏說子虛。小生姓竇名天章。祖貫長安京兆⑪人也。幼習儒業，飽有文章，爭奈⑫時運不通，功名未遂。不幸渾家亡化已過⑬，撇下這個女孩兒，小字端雲。從三歲上亡了他母親，如今孩兒七歲了也。小生一貧如洗，流落在這楚州居住。此間一個蔡婆婆，他家廣有錢物，小生因無盤纏⑭，曾借了他二十兩銀子，到今本利該對還他四十兩。他數次問小生索取，教我把甚麼還他？

因「家貧，無以自業」。此為借司馬相如以自況。卓文君奔相如後，二人又曾於臨邛市上賣酒，文君當壚，相如滌器。漢武帝讀了司馬相如的子虛賦，大為稱賞，遂召相如到朝中去做官。當壚，即臨案賣酒。漢書司馬相如傳顏師古注：「賣酒之處，累土為盧，以居酒甕。四邊隆起，其一面高，形如鍛盧，故名盧耳。」王先謙補注：「字當作『壚』，通作『鑪』，『盧』，則省文也。」

⑪ 京兆：猶京師。本為漢代京畿的行政區域，為三輔之一，在今陝西西安以東至華縣之間，下轄十二縣。後借指京都。

⑫ 爭奈：怎奈；無奈。爭，通「怎」。「爭得」、「爭知」等用例皆同。

⑬ 不幸句：是說妻子亡逝已久。渾家，原本指全家，宋曾慥類說卷十六引倦游雜錄落牙詩：「曹琰郎中互落一牙，詩曰：『為報妻兒莫惆悵，舌存足以養渾家。』」後戲曲、小說中則以「渾家」專指妻子。

⑭ 盤纏：多指路費，這裏則指日常生活費用。宋馬端臨文獻通考卷四田賦四：「長興元年見錢每貫七文，稈草每束一文盤纏。」宋蕭德藻樵夫詩：「一擔乾柴古渡頭，盤纏一日頗優游。」元雜劇村樂堂第三折正末云：「一腿子麻鞋是甚麼哩？賣二百文小鈔，三口子老小盤纏，是甚飯？」本劇下文「又苦盤纏缺少」中的「盤纏」，則是路費之意。

誰想蔡婆婆常常著人來說，要小生女孩兒做他兒媳婦。況如今春榜動，選場開⑮，正待上朝取應，又苦盤纏缺少。小生出於無奈，只得將女孩兒端雲，送與蔡婆婆做兒媳婦去。（做嘆科⑯，云）嗨，這個那裏是做媳婦，分明是賣與他一般。就准了他那先借的四十兩銀子，分外但得些少東西，夠小生應舉之費，便也過望了。說話之間，早來到他家門首。婆婆在家麼？（卜兒上，云）秀才，請家裏坐，老身等候多時也。（做相見科，竇天章云）小生今日一徑的⑰將女孩兒送來與婆婆，怎敢說做媳婦，只與婆婆早晚使用。小生目下就要上朝進取功名去，留下女孩兒在此，只望婆婆看覷則個⑱！（卜兒云）這等，你是我親家了。你本利少我四十兩銀子，兀的⑲是借錢的文書還了

---

⑮ 春榜動二句：是說進士考試臨近了。科舉時代的進士考試與發榜都在春季舉行，故云。京本通俗小說西山一窟鬼：「等待後三年春榜動，選場開，再去求取功名。」

⑯ 科：元雜劇中表示動作表情的舞臺指示和舞臺效果稱之為「科」。科，是「科範」的省語，亦作「科泛」。明徐渭南詞敘錄：「相見、作揖、進拜、舞蹈、坐跪之類，皆謂之科。」表示舞臺效果的如「內作颳風科」等。

⑰ 一徑的：猶言特意的、專程的。元雜劇灰闌記第一折張林云：「我如今一徑的去投託他，問他借些盤纏使用。」

⑱ 看覷則個：意為請關照、多包涵。看覷，照料；看護。則個，語尾助詞，略同「者」、「著」等，其作用在於加重語氣，有希望或懇求的意思。

⑲ 兀的：亦作「兀底」、「窩的」、「兀得」等。用作指示代詞，意為這、這裏、這個等。往往帶有加重語氣

你，再送與你十兩銀子做盤纏。親家，你休嫌輕少。（竇天章做謝科，云）多謝了婆婆！先少你許多銀子，都不要我還了，今又送我盤纏，此恩異日必當重報。婆婆，女孩兒早晚呆痴⑳，看小生薄面，看覷女孩兒咱㉑！（卜兒云）親家，這不消你囑咐。令愛到我家，就做親女兒一般看承他，你只管放心的去。（竇天章云）婆婆，端雲孩兒該打呵，看小生面則罵幾句；當罵呵，則處分㉒幾句。孩兒，你也不比在我跟前，我是你親爺，將就的你。你如今在這裏，早晚若頑劣呵，你只討那打罵吃。兒嚛㉓，我也是出於無奈！（做悲科）（唱）

【仙呂・賞花時】**我也只為無計營生㉔四壁貧，因此上割捨得親兒在兩處分。從今日遠踐洛陽塵㉕，又不知歸期定准，則落的無語暗消魂㉖。**（下）

或表示鄭重、驚異之意味。兀，當讀若「窩」。

⑳ 早晚呆痴：猶言時常不曉事、不機靈。早晚，猶成天、整天，這裏是往往或時常的意思。呆痴，指怠懈或反應遲緩。

㉑ 咱：元雜劇中常用的語尾助詞，亦作「者」。含有希望、懇求的語氣。

㉒ 處分：這裏是責備數落之意。

㉓ 嚛：音ㄧㄡ，同「喲」。語氣詞。

㉔ 營生：謀生；求生。此〔仙呂・賞花時〕曲，古名家雜劇本無，另有四句下場詩云：「彈劍自傷悲，文章習仲尼。不幸妻先喪，父子兩分離。」

㉕ 遠踐洛陽塵：是說到遠處的京城去應考。踐，踏上。洛陽塵，洛陽的土地。此以洛陽借指京都。

（卜兒云）竇秀才留下他這女孩兒，與我做媳婦兒，他一徑上朝應舉去了。（正旦做悲科，云）爹爹，你直下的㉗撇了我孩兒去也！（卜兒云）媳婦兒，你在我家，我是親婆，你是親媳婦，只當自家骨肉一般。你不要啼哭，跟著老身前後執料去來㉘。（同下）

㉖ 暗消魂：「黯然銷魂」之省語，形容離別時的感傷情緒。語本南朝梁江淹別賦開篇句：「黯然銷魂者，惟別而已矣。」暗，亦作「黯」。消，也作「銷」。

㉗ 直下的：竟忍得。直，竟然；真的。下的，猶下得、捨得。

㉘ 執料去來：去收拾料理。執料，亦作「直料」。去來，即是去。「來」為語尾助詞，略同「吧」。這是元雜劇中的習見用法。

第一折

（淨扮賽盧醫❶上，詩云）行醫有斟酌，下藥依本草❷。死的醫不活，活的醫死了。自家姓盧。人道我一手好醫，都叫做「賽盧醫」。在這山陽縣南門開著生藥局❸。在城有個蔡婆婆，我問他借了十兩銀子，本利該還他二十兩。數次來討這銀子，我又無的還他。若不來便罷，若來呵，我自有個主意！我且在這藥鋪中坐下，看有甚麼人來。（卜兒上，云）老身蔡婆婆。我一向搬在山陽縣居住，儘也靜辦❹。自十三年前竇天章秀才，留下端雲孩兒與我做兒媳婦，改了他小名，喚

❶ 淨扮賽盧醫：淨，元雜劇中角色行當的一種，相當於後世戲曲中的花臉，多扮反面人物。一般認為「淨」是由唐代「參軍戲」中的「參軍」演變而來。元陶宗儀南村輟耕錄卷二十五：「副淨，古謂之參軍。」副淨乃淨之次角。王國維古劇角色考：「淨即參軍之促音，『參』與『淨』為雙聲，『軍』與『淨』似疊韻。參軍之為淨，猶勃提之為披，郣屢之為鄒也。」賽盧醫，元雜劇中對庸醫類型化人物的習慣稱謂，具有明顯的諷刺調侃意味。盧醫，本指春秋時的名醫扁鵲，因其為盧人。古盧地在今山東省長清縣西南。

❷ 本草：當指神農本草經，中國古代最早的一部中醫藥物學專著。

❸ 生藥局：猶言中藥鋪。下文「藥舖」之鋪，原本作「舖」。

做竇娥。自成親之後，不上二年，不想我這孩兒害弱症死了。媳婦兒守寡又早三個年頭，服孝將除❺了也。我和媳婦兒說知，我往城外賽盧醫家索錢去也。（做行科，云）驀過隅頭❻，轉過屋角，早來到他家門首。賽盧醫在家麼？（盧醫云）婆婆，家裏來。（卜兒云）我這兩個銀子長遠了❼，你還了我罷。（盧醫云）婆婆，我家裏無銀子，你跟我莊上去取銀子還你。（卜兒云）我跟你去。（做行科）（盧醫云）來到此處，東也無人，西也無人，這裏不下手，等甚麼？我隨身帶的有繩子。兀那婆婆，誰喚你哩？（卜兒云）在那裏？（做勒卜兒科。孛老❽同副淨張驢兒衝上，賽盧醫慌走下。孛老救卜兒科，張驢兒云）爹，是個婆婆，爭些❾勒殺了。（孛老云）兀那婆婆，你是那裏人

---

❹ 儘也靜辦：宋元市井俗語，猶言到底是清靜。元雜劇灰闌記楔子：「左右我的女兒在家也受不得這許多氣，便等他嫁了人去，倒也靜辦。」

❺ 服孝將除：古喪禮規定，喪服五服中，子為父、臣為君、妻為夫，要服喪三年。三年之喪禮畢，行大祥之祭，除喪服。詳儀禮士喪禮。服孝，俗稱帶孝，即穿孝服。

❻ 驀過隅頭：走過轉彎處。驀，音ㄇㄛˋ。驀過，繞過。隅頭，轉彎之處。

❼ 我這句：意謂欠我的二十兩銀子時間拖得很長了。

❽ 孛老：元雜劇中扮老年男子角色行當的稱謂。或以為是「鮑老」的音變。王國維古劇角色考：「金元之際，『鮑老』之名分化而為三：其扮盜賊者，謂之邦老；扮老人者，謂之孛老；扮老婦者，謂之卜兒。皆『鮑老』一聲之轉，故為異名以別耳。」

❾ 爭些：猶差一點兒。這裏也可理解成險些兒。張相詩詞曲語辭匯釋：「爭，猶差也。」並以漁樵記雜劇

氏，姓甚名誰？因甚著這個人將你勒死？（卜兒云）老身姓蔡，在城人氏，止有個寡媳婦兒相守過日。因為賽盧醫少我二十兩銀子，今日與他取討，誰想他賺❿我到無人去處，要勒死我賴這銀子。若不是遇著老的和哥哥呵，那得老身性命來！（張驢兒云）爹，你聽的他說麼？他家還有個媳婦哩！救了他性命，他少不得要謝我。不若你要這婆子，我要他媳婦兒，何等兩便？你和他說去。（孛老云）兀那婆婆，你無丈夫，我無渾家，你肯與我做個老婆，意下如何？（卜兒云）是何言語！待我回家，多備些錢鈔相謝。（張驢兒云）你敢是⓫不肯，故意將錢鈔哄我？賽盧醫的繩子還在，我仍舊勒死了你罷。（做拿繩科）（卜兒云）哥哥，待我慢慢地尋思咱！（張驢兒云）你尋思些甚麼？你隨我老子，我便要你媳婦兒。（卜兒背云⓬）我不依他，他又勒殺我。罷罷罷，你爺兒兩個，隨我到家中去來。（同下）（正旦上，云）妾身姓竇，小字端雲。祖居楚州人氏。我三歲上亡了母親，七歲上離了父親。俺父親將我嫁與蔡婆婆為兒媳婦，改名竇娥，至十七歲與大成親。不

第一折「孤云」為例：「我尋賢士，覓賢士，爭些兒當面錯過了。」

❿ 賺：誘使；誑騙。

⓫ 敢是：莫非是；一定是。敢，約估之詞，有二義：一是猜測，大約、大概之義；二是判斷，管定、必定之義。

⓬ 背云：元雜劇科範之一種，角色在舞臺上背著別的角色直接向觀眾作必要的內心獨白，後世也稱之謂「背躬戲」。

幸丈夫亡化，可早三年光景，我今二十歲也。這南門外有個賽盧醫，他少俺婆婆銀子，本利該二十兩，數次索取不還。今日俺婆婆親自索取去了。竇娥也，你這命好苦也呵！（唱）

【仙呂・點絳唇】滿腹閒愁，數年禁受⑬，天知否？天若是知我情由，怕不待和天瘦⑭。

【混江龍】則問那黃昏白晝，兩般兒忘餐廢寢幾時休？大都來⑮昨宵夢裏，和著這今日心頭。催人淚的是錦爛熳花枝橫繡闥，斷人腸的是剔團圞月色掛妝樓⑯。長則是急煎煎按不住意中焦，悶沉沉展不徹眉尖皺；越覺的情懷冗冗，心緒悠悠⑰。

---

⑬ 禁受：苦熬；忍受。張相詩詞曲語辭匯釋：「禁，猶當也；受也；耐也。故禁當、禁受、禁耐，均聯用之而成一辭。」

⑭ 怕不句：豈不是連天也都瘦了。誇飾之語，是說天若有情天亦憐人。怕不待，猶言豈不是。此〔仙呂・點絳唇〕曲，古名家雜劇本文字上出入較大，作：「滿腹閒愁，數年坐受，常相守，無了無休，朝暮依然有。」

⑮ 大都來：大抵、統統的意思。西廂記雜劇第五本第一折旦唱〔商調・集賢賓〕：「大都來一寸眉峰，怎當他許多顰皺。」用意相彷彿。

⑯ 催人二句：是說原本是美的花枝與明月，在滿腹愁緒的人眼中，也都蒙上了無盡的哀怨情調。繡闥，指女子的閨房。闥，音ㄊㄚˋ，即門。剔團圞，特別圓，「剔」是加強語氣的副詞。妝樓，亦指閨房。

⑰ 越覺二句：謂心情煩擾，愁緒綿長。冗冗，紛亂。悠悠，連綿不斷。此〔混江龍〕曲，古名家雜劇本作：「黃昏白晝，忘餐廢寢兩般憂，夜來夢裏，今日心頭。地久天長難過遣，舊愁新恨幾時休？則這孽眼苦，

（云）似這等憂愁，不知幾時是了也呵！（唱）

【油葫蘆】莫不是八字兒⑱該載著一世憂？誰似我無盡頭！須知道人心不似水長流。我從三歲母親身亡後，到七歲與父分離久。嫁的個同住人⑲，他可又拔著短籌⑳；撇的俺婆婦每㉑都把空房守，端的個有誰問、有誰瞅㉒？

【天下樂】莫不是前世裏燒香不到頭，今也波生㉓招禍尤？勸今人早將來世修。我將這

愁眉皺，情懷冗冗，心緒悠悠。」

⑱ 八字兒：古人將人出生的時間，即所謂生辰根據天干地支排列起來，叫做「生辰八字」。按迷信說法，它能決定人一生的命運。

⑲ 同住人：即一同生活的人。一般是指夫妻，這裏指丈夫。

⑳ 拔著短籌：是說抽到不吉利的籤，預示著時運不濟。這裏指短命夭亡。籌，古代計數用的籤子，拔籌即抽籤。

㉑ 婆婦每：即婆媳們。元雜劇中多在人稱代詞後加一「每」字，表示複數，用法與「們」字同。清翟灝通俗編卷三十三「們」字條：「北宋時先借『懣』字用之，南宋時借為『們』，而元時又借為『每』。」「懣」、「們」、「每」均為音近通假字。

㉒ 瞅：看；望。亦作「矁」，音ㄔㄡˇ。原本作「偢」，據文義徑改。

㉓ 今也波生：即今生。也波為句中襯字，無義。〔天下樂〕曲第二句多用此格，蓋行腔之習慣定格。如玉鏡臺雜劇第一折〔天下樂〕曲：「翱也波翔，在那天子旁。」

婆侍養，我將這服孝守，我言詞須應口㉔。

（云）婆婆索錢去了，怎生這早晚不見回來？（卜兒同孛老、張驢兒上）（卜兒云）你爺兒兩個且在門首，等我先進去。（張驢兒云）奶奶㉕，你先進去，就說女婿在門首哩。（卜兒見正旦科）（正旦云）奶奶回來了。你吃飯麼？（卜兒做哭科，云）孩兒也，你教我怎生說波㉖！（正旦唱）

【一半兒】為甚麼淚漫漫不住點兒流？莫不是為索債與人家惹爭鬥？我這裏連忙迎接慌問候，他那裏要說緣由。（卜兒云）羞人答答的，教我怎生說波！（正旦唱）則見他一半兒徘徊一半兒醜㉗。

（云）婆婆，你為甚麼煩惱啼哭那？（卜兒云）我問賽盧醫討銀子去，他賺我到無人去處，行起凶來，要勒死我。虧了一個張老并他兒子張驢兒，救得我性命。那張老就要我招他做丈夫，因這等煩惱。（正旦云）婆婆，這個怕不中麼！你再尋思咱：俺家裏又不是沒有飯吃，沒有衣穿，又不是少欠錢債，被人催逼不過；況你年紀高大，六十以外的人，怎生又招丈夫那？（卜兒云）孩兒也，你說的豈不是！但是我的性命全虧他這爺兒兩個救的。我也曾說道：待我到家，多將些錢

㉔ 言詞須應口：謂說到做到。是說要兌現自己的承諾。

㉕ 奶奶：宋元時市井間對老年婦女的敬稱。下文竇娥對蔡婆亦稱奶奶而不稱婆婆，用義略同。

㉖ 怎生說波：如何說起啊。怎生，如何；怎麼。波，語氣詞，猶「啊」或「呀」等。

㉗ 醜：這裏是慚愧和羞於啟口的意思。古名家雜劇本「醜」作「羞」。

物酬謝你救命之恩。不知他怎生知道我家裏有個媳婦兒，道我婆媳婦又沒老公，他爺兒兩個又沒老婆，正是天緣天對！若不隨順他，依舊要勒死我。那時節我就慌張了。莫說自己許了他，連你也許了他。兒也，這也是出於無奈。（正旦云）婆婆，你聽我說波。（唱）

【後庭花】遇時辰我替你憂，拜家堂我替你愁㉘。梳著個霜雪般白鬏髻㉙，怎戴那銷金錦蓋頭㉚？怪不的「女大不中留」。你如今六旬左右，可不道㉛到中年萬事休。舊恩愛一筆勾，新夫妻兩意投，枉教人笑破口！

（卜兒云）我的性命，都是他爺兒兩個救的。事到如今，也顧不得別人笑話了。（正旦唱）

㉘ 遇時辰二句：謂碰到這樣進退兩難的事我替你擔憂，面對列祖列宗我替你發愁。家堂，設有祖先遺像或牌位的廳堂。舊時逢年節以及婚喪嫁娶時，家族老小均要拜祭家堂。此二句原作：「避凶神要擇好日頭，拜家堂要將香火修。」據古名家雜劇本與酹江集本改。

㉙ 白鬏髻：即白髮蒼蒼。鬏髻，音ㄉㄧˊ ㄐㄧˋ，古代婦女的一種髮式，即將頭髮盤成螺形，再罩上網飾。西廂記第四本第一折末唱〔元和令〕：「雲鬟彷彿墜金釵，偏宜鬏髻兒歪。」

㉚ 銷金錦蓋頭：指女子出嫁時所戴的華麗蓋頭。蓋頭，又稱「挑巾」。舊時婚俗，婿家為新婦備蓋頭，多以紅綢嵌金線製成。拜堂至入洞房後，由婿以簪、秤或杼等物挑下。詳宋吳自牧夢粱錄嫁娶。此句原作：「怎將這雪霞般錦帕兒」，據古名家雜劇本與酹江集本改。

㉛ 可不道：宋元口語，猶言豈不聞有這話。張相詩詞曲語辭匯釋：「於引用成言舊話作反詰口氣時用之。趙氏孤兒劇一：『可不道遇急思親戚，臨危託故人。』」

【青哥兒】你雖然是得他、得他營救，須不是筍條㉜、筍條年幼，剗的便巧畫蛾眉成配偶㉝？想當初你夫主遺留，替你圖謀，置下田疇，早晚羹粥，寒暑衣裘。滿望你鰥寡孤獨，無捱無靠，母子每到白頭。公公也，則落得乾生受㉞。

（卜兒云）孩兒也，他如今只待過門㉟，喜事匆匆的，教我怎生回得他去？（正旦唱）

【寄生草】你道他匆匆喜，我替你倒細細愁。愁則愁興闌珊咽不下交歡酒㊱，愁則愁眼

㉜ 筍條：本指嫩竹，這裏用以形容人年輕。案：此句「筍條」二字重複，與上句「得他」二字對應，乃是〔青哥兒〕曲首二句的定格。

㉝ 剗的句：剗的，亦作「剗地」，元雜劇中一個常用俗語詞，這裏是無緣無故之意。剗，音ㄔㄢˇ。巧畫蛾眉，漢代京兆尹張敞與其妻感情深厚，常替她畫眉，後人遂以「畫眉」事比喻夫妻恩愛。這裏有譏笑與反諷的意思。

㉞ 乾生受：白受辛苦。生受用於自己，是吃苦、受罪之意；若用於別人，則是難為、有勞的意思。以上〔青哥兒〕曲中「替你圖謀」之下四句，古名家雜劇本作：「替你擔憂，四時羹粥，又結綢繆。」

㉟ 過門：女子嫁到男家，或男子入贅女家，俗語皆稱「過門」。舉案齊眉雜劇第一折外扮孟府尹白：「若是俺女兒過門之後，那裏受的這般苦楚。」此言女子嫁到男家。同劇第一折結末處，孟府尹又云：「明日是個好日辰，將梁鴻招過門罷。」這是說招男子作上門女婿。此處蔡婆所言指的是後者。即張驢兒父子急著要作上門女婿。

㊱ 興闌珊咽不下交歡酒：謂興致衰退之後就無心情嫁人了。闌珊，原本作「闌刪」，是將盡、末了的意思。

昏騰扭不上同心扣㊲，愁則愁意朦朧睡不穩芙蓉褥㊳。你待要笙歌引至畫堂前㊴，我道這姻緣敢㊵落在他人後。

（卜兒云）孩兒也，再不要說我了。他爺兒兩個都在門首等候，事已至此，不若連你也招了女婿罷！（正旦云）婆婆，你要招你自招，我並然㊶不要女婿。（卜兒云）那個是要女婿的！爭奈

交歡酒，即「交杯酒」，亦作「雙喜杯」、「合歡杯」、「交杯盞」等，簡作「交杯」。古代婚禮上，將兩杯酒以紅絲連繫，夫婦各持其一同時飲酒。後發展成一對新人挽臂交換酒杯，分別飲對方酒杯中的酒。宋孟元老東京夢華錄娶婦：「用兩盞以綵結連之，互飲一杯，謂之交杯酒。飲訖擲盞並花冠子於床下，盞一仰一合，俗云大吉。」元鄭光祖傷梅香雜劇第四折官媒云：「將酒來，與狀元飲個交杯盞兒。」

㊲ 同心扣：亦作「同心花」、「同心方勝」，即「同心結」。用錦帶編織成的連環結扣狀飾物，用以象徵永結同好和夫妻恩愛。

㊳ 芙蓉褥：褥的美稱。猶婚帳之稱為「芙蓉帳」，婚被之稱為「芙蓉被」、「合歡被」等。

㊴ 笙歌引至畫堂前：當時對婚禮進行的俗語套話，意思是在音樂伴奏中，一對新人步入畫堂拜天地。畫堂，華麗的廳堂。

㊵ 敢：猜測、判斷之詞，有時是可能、大約之意。這裏是恐怕、定然的意思。金董解元西廂記諸宮調卷一〔大石調・玉翼蟬〕：「數幅花箋，相思字寫滿，無人敢暫傳。」末句即是想來無人可傳送的意思，亦即怕是無人傳書遞簡。

㊶ 並然：斷然。並，通「屏」。屏棄之意。

他爺兒兩個自家捱過㊷門來，教我如何是好？（張驢兒云）我們今日招過門去也。「帽兒光光，今日做個新郎；袖兒窄窄，今日做個嬌客㊸。」好女婿，好女婿，不枉了，不枉了。（同孛老入拜科）（正旦做不禮科，云）兀那廝㊹，靠後！（唱）

【賺煞】我想這婦人每休信那男兒口。婆婆也，怕㊺沒的貞心兒自守，到今日招著個村老子㊻，領著個半死囚㊼。（張驢兒做嘴臉㊽科，云）你看我爺兒兩個這等身段，儘也選得女婿

㊷ 捱過：猶擠進。

㊸ 帽兒四句：宋元俗語，是對新郎打趣的話。東坡夢雜劇第四折正末唱：「你教我留了方丈同歸那個洞房，俺可甚麼帽兒光光。」另，水滸傳第五回：「那大王來到莊前下了馬，祇見眾小嘍囉齊聲賀道：『帽兒光光，今夜做個新郎；衣衫窄窄，今夜做個嬌客。』」嬌客，宋元間俗稱女婿為嬌客。宋黃庭堅次韻子瞻和王子立風雨敗書屋有感：「婦翁不可撾，王郎非嬌客。」元鄭光祖倩女離魂第二折正旦唱〔綿搭絮〕：「你做了貴門嬌客，一樣矜誇。」

㊹ 兀那廝：猶言那傢伙或那小子。兀，發語詞，無義。廝，對男子含有輕蔑甚至污辱性質的稱謂，一般用來稱呼身分低微者。

㊺ 怕：這裏是難道之義。

㊻ 村老子：詈語，猶言粗野的老頭子。村，粗鄙、野俗。唐宋時即有此俗語。唐劉餗隋唐嘉話：「薛萬徹尚丹陽公主，太宗嘗謂人曰：『薛駙馬村氣。』主羞之，不與同席。」

㊼ 半死囚：亦為詈語，猶半死的罪囚。此指張驢兒老子年歲已高，故言「半死」。囚，宋元市井詈詞中有

過。你不要錯過了好時辰，我和你早些兒拜堂罷。（正旦不禮科，唱）則被你坑殺人燕侶鶯儔㊾。婆婆也，你豈不知羞！俺公公撞府沖州㊿，𨶹𨷠的銅斗兒家緣百事有51。想著俺公公置就，怎忍教張驢兒情受52？（張驢兒做扯正旦拜科，正旦推跌科，唱）兀的不是俺沒丈夫的婦女下場頭！（下）（卜兒云）你老人家不要惱懆53，難道你有活命之恩，我豈不思量報你？只是我

「賊囚」，此用其義。

48 做嘴臉：元雜劇科範之一種，多用於丑角插科打諢時。這裏是擠眉弄眼、裝模作樣之意。

49 坑殺人燕侶鶯儔：謂這是坑害人的婚姻。燕侶鶯儔，喻男女歡愛、相攜相得的婚姻。西廂記雜劇第三本第三折紅娘唱〔攪箏琶〕曲：「只為這燕侶鶯儔，鎖不住心猿意馬。」

50 撞府沖州：亦作「沖州撞府」。猶言走南闖北，跑過許多碼頭。一般多指賣藝人或戲班子到各地巡迴演出，也泛指各地奔波。這裏是說不辭辛勞，輾轉於各地做生意。戲文宦門子弟錯立身第十二出生唱〔泣顏回〕：「撞府共沖州，遍走江湖之游。」

51 𨶹𨷠的句：是說積攢了殷實的家財。𨶹𨷠，音ㄓㄥˋ ㄔㄨㄞˋ，亦作「掙揣」、「掙𨷠」等，本意為掙扎，此引申為謀取、積攢。銅斗兒家緣，指富饒的家產。銅斗兒，指容量大的量器。家緣，亦作「家私」或「家計」，即家產、家私。元雜劇中常用此語來形容富貴之家的家財。破窰記雜劇第二折呂蒙正云：「我一腳的不在家，把我銅斗兒家緣都破敗了也。」

52 情受：承受；繼承。單刀會雜劇第四折正末唱〔沉醉東風〕：「俺哥哥合情受漢家基業，則你這東吳國的孫權和俺劉家卻是甚枝葉？」

那媳婦兒，氣性[54]最不好惹的，既是他不肯招你兒子，教我怎好招你老人家？我如今拚的[55]好酒好飯，養你爺兒兩個在家，待我慢慢的勸化[56]俺媳婦兒。待他有個回心轉意，再作區處[57]。（張驢兒云）這歪剌骨[58]！便是黃花女兒[59]，剛剛扯的一把，也不消這等使性，平空的推了我一交[60]，我

---

53 惱懆：煩惱不安。懆，音義俱同「躁」。

54 氣性：性格；脾氣。單鞭奪槊雜劇第二折段志賢云：「那廝氣性大的，這一氣就氣殺了也。」

55 拚的：猶割捨、捨得。這裏是豁出去的意思。拚，音ㄆㄢ。

56 勸化：本為佛家語，指宣傳教義，勸人感悟向善。菩薩戒義疏卷上：「不近人情，勸化人受戒功德，勝造八萬四千寶塔。」後常借指勸教、感化。生金閣雜劇第二折龐衙內云：「如今著他去勸化，不怕不聽。」

57 區處：伺機處理；籌劃安排。

58 歪剌骨：詈詞，辱罵婦女的話。義近「臭貨」、「臊貨」。亦作「歪爛骨」、「歪剌貨」、「瓦剌姑」、「佤剌姑」等，皆一音之轉。明沈德符萬曆野獲編卷二十五俚語：「北人詈婦人之下劣者曰『歪剌骨』。詢其故，則云：『牛身自毛骨皮肉以至通體無一棄物，惟兩角內有天頂肉少許，其穢逼人，最為賤惡，以此比之粗婢。』」另，明徐渭狂鼓史雜劇有眉批云：「歪剌，牛角中臭肉也，故娼家以比無用之妓。」明孟稱舜酹江集也有文字略同的眉批。救風塵雜劇第一折周舍云：「這歪剌骨好歹嘴也。」

59 黃花女兒：指處女。醒世恆言賣油郎獨占花魁：「況且你身子已被人捉弄過了，就是今夜嫁人，叫不得個黃花女兒。」

60 一交：同一跤。

肯乾罷！就當面賭個誓與你：我今生今世不要他做老婆，我也不算好男子！（詞云）美婦人我見過萬千向外[61]，不似這小妮子生得十分僗頼[62]。我救了你老性命死裏重生，怎割捨得不肯把肉身陪待？（同下）

[61] 向外：以外；以上。張相詩詞曲語辭匯釋：「向外，猶云以外也。」

[62] 不似句：小妮子，如俗稱小丫頭、小女孩。此有輕蔑之意。清翟灝通俗編卷三十二：「今山左呼婢為小妮子。」僗頼，或作「僗懶」。詈詞，猶潑皮無賴。僗、潑是雙聲字。潑頼有刁蠻、潑辣、頑劣等義。風俗通引餘冬序錄：「蘇州謂醜惡曰潑頼，潑音如派。」因知僗、潑、派，皆一聲之轉。亦知「叵耐」與「僗頼」往往用義也相通。

第二折

（賽盧醫上，詩云）小子太醫❶出身，也不知道醫死多人，何嘗怕人告發，關了一日店門？在城有個蔡家婆子，剛少的他二十兩花銀，屢屢親來索取，爭些撚斷脊筋❷。也是我一時智短❸，將他賺到荒村，撞見兩個不識姓名男子，一聲嚷道：浪蕩乾坤❹，怎敢行凶撒潑，擅自勒死平民！嚇得我丟了繩索，放開腳步飛奔。雖然一夜無事，終覺失精落魂。方知人命關天關地，如何看做

❶ 太醫：即御醫。本指專為皇帝及其家族治病的醫生，亦泛用作對醫生的尊稱。宋代宮中設太醫局，元代則稱為太醫院。此是賽盧醫的自詡之詞，有插科打諢的意味。下文「也不知道醫死多人」，亦是自我剝露的科諢。多人，即多少人，原本或有脫字。

❷ 爭些句：謂幾乎被追逼得跑斷脊梁骨。爭些，猶險些、差點。撚，音ㄋㄧㄢˇ，通「攆」。北方口語中追趕的意思。

❸ 智短：缺少智謀與心計，引申為糊塗之義。

❹ 浪蕩乾坤：猶朗朗乾坤，光天化日。浪蕩，廣闊；遠大。燕青博魚雜劇第一折正末扮燕青白：「清平世界，浪蕩乾坤，你怎麼當街裏打人？」

壁上灰塵？從今改過行業，要得滅罪修因❺。將以前醫死的性命，一個個都與他一卷超度❻的經文。小子賽盧醫的便是。只為要賴蔡婆婆二十兩銀子，賺他到荒僻去處，正待勒死他，誰想遇見兩個漢子，救了他去。若是再來討債時節，教我怎生見他？常言道的好：「三十六計，走為上計。」喜得我是孤身，又無家小連累，不若收拾了細軟行李，打個包兒，悄悄的躲到別處，另做營生，豈不乾淨。（張驢兒上，云）自家張驢兒。可奈❼那竇娥百般的不肯隨順我。如今那老婆子害病，我討服毒藥與他吃了，藥死那老婆子，這小妮子好歹❽做我的老婆。（做行科，云）且住，城裏人耳目廣，口舌多，倘見我討毒藥，可不嚷出事來？我前日看見南門外有個藥舖，此處冷靜，正好討藥。（做到科，叫云）太醫哥哥，我來討藥的。（賽盧醫云）你討甚麼藥？（張驢兒云）我討

---

❺ 滅罪修因：謂棄惡從善，滅除罪過，修成福因。佛教認為今世多修福因，來生便能有好的果報。

❻ 超度：佛、道以死者靈魂得以脫離地獄的諸般苦難為超度。俗則稱僧人或道士為死者做佛事誦經文的儀式為超度，也稱「做道場」、「做好事」。魯齋郎雜劇第四折觀主云：「你做甚麼好事？超度誰？」

❼ 可奈：怎奈；無奈。奈，有時作「耐」。這裏的「可奈」又略同於「叵耐」，有可恨、可惡之義。張相詩詞曲語辭匯釋：「又有『叵耐』一辭，叵為『不可』之切音，『耐』即『奈』也，本為不可奈何之義，引申之而成為詈詞，一如今所云可惡。」

❽ 好歹：不管怎樣；無論如何。在口語中猶「左右」或「少不了」之意。京本通俗小說錯斬崔寧：「好歹追他回來，問個明白。」

服毒藥。（賽盧醫云）誰敢合❾毒藥與你，這廝好大膽也！（張驢兒云）你真個不肯與我藥麼？（賽盧醫云）我不與你，你就怎地我？（張驢兒做拖盧云）好呀，前日謀死蔡婆婆的不是你來！你說我不認的你哩！我拖你見官去！（賽盧醫做慌科，云）大哥，你放我，有藥有藥。（做與藥科。張驢兒云）既然有了藥，且饒你罷。正是：「得放手時須放手，得饒人處且饒人。」（下）（賽盧醫云）可不晦氣！剛剛討藥的這人，就是救那婆子的。我今日與了他這服毒藥去了，以後事發，越越要連累我。趁早兒關上藥鋪，到涿州賣老鼠藥去也。（下）（卜兒上，做病伏几科）（孛老同張驢兒上，云）老漢自到蔡婆婆家來，本望做個接腳❿，卻被他媳婦堅執不從。那婆婆一向收留俺爺兒兩個在家同住，只說「好事不在忙」，等慢慢裏勸轉他媳婦；誰想那婆婆又害起病來。孩兒，你可曾算我兩個的八字，紅鸞天喜⓫幾時到命哩？（張驢兒云）要看什麼天喜到命，只賭本事，做得去自

---

❾ 合：調配；合成製作。

❿ 接腳：丈夫或妻子死後，再嫁或再娶一個配偶，俗均稱「接腳」，分別謂「接腳婿」、「接腳妻」。此稱謂最初用於官員的冒名頂替，宋元時始用到婚配事。唐會要選部：「貞元四年八月吏部奏：……人多罔冒，吏或詐欺；分見官者，謂之孽名；承已死者，謂之接腳。」宋張齊賢洛陽搢紳舊聞記卷五焦生見亡妻條：「劉之妻，以租稅且重，全無所依。夫既葬，村人不知禮教，欲納一人為夫，俚語謂之接腳。」

⓫ 紅鸞天喜：指婚娶吉日。紅鸞，即紅鸞星，舊時星命家所說的吉星，稱命運中若遇紅鸞星，將有婚姻成就。天喜，即大吉大利的日子。

去做⑫。（孛老云）孩兒也，蔡婆婆害病好幾日了，我與你去問病波。（做見卜兒問科，云）婆婆，你今日病體如何？（卜兒云）我身子十分不快⑬哩。（孛老云）你可想些甚麼吃？（卜兒云）我思量些羊肚⑭兒湯吃。（孛老云）孩兒，你對竇娥說，做些羊肚兒湯與婆婆吃。（張驢兒向古門⑮云）竇娥，婆婆想羊肚兒湯吃，快安排將來。（正旦持湯上，云）妾身竇娥是也。有俺婆婆不快，想羊肚湯吃。我親自安排了與婆婆吃去。婆婆也，我這寡婦人家，凡事也要避些嫌疑，怎好收留那張驢兒父子兩個？非親非眷的，一家兒同住，豈不惹外人談議？婆婆也，你莫要背地裏許了他親事，連我也累做不清不潔⑯的。我想這婦人心，好難保也呵！（唱）

【南呂・一枝花】他則待一生鴛帳眠，那裏肯半夜空房睡；他本是張郎婦，又做了李郎

---

⑫ 只賭二句：是不信八字和紅鸞天喜的說法，只信眼前，得做且做的意思。賭，憑藉。做得去，猶做得來。

⑬ 不快：猶不自在、不舒服。元陶宗儀南村輟耕錄卷十一不快條：「世謂有疾曰不快。陳壽作華佗傳已然。」三國志魏書華佗傳：「又有一士大夫不快，佗云：『君病深，當破腹取。』」

⑭ 肚：原本作「賭」。肚，此處讀作ㄉㄨˇ。羊肚即羊胃。

⑮ 古門：亦稱「鬼門」、「鼓門道」、「古門道」、「鬼門道」。元雜劇術語，指舞臺上的上下場門，後世作「出將入相」門。元柯九思丹丘先生論曲：「勾欄中戲房出入之所，謂之『鬼門道』。鬼者，言其所扮者皆是已往昔人，故出入謂之曰鬼門道也。愚俗無知，因置鼓於門，訛喚為『鼓門道』，又訛而為『古』，皆非。東坡詩有云：『搬演古今詩，出入鬼門道。』正謂此也。」

⑯ 不清不潔：猶不乾不淨、不清不楚。意謂恐旁人說閒話。

妻。有一等婦女每相隨⑰，并不說家克計⑱，則打聽些閒是非，說一會不明白打鳳的機關，使了些調虛囂撈龍的見識⑲。

【梁州第七】這一個似卓氏般當壚滌器⑳，這一個似孟光般舉案齊眉㉑，說的來藏頭蓋腳多伶俐㉒。道著難曉，做出纔知；舊恩忘卻，新愛偏宜。墳頭上土脈猶濕，架兒上又

---

⑰ 有一等句：謂某些婦女湊到一起。一等，猶一種。相隨，即相聚。

⑱ 家克計：持家之道。「克」字按曲譜當用平聲字，原本可能有訛誤。

⑲ 說一會二句：是說無論說的還是做的，都是些欺瞞人的把戲。打鳳與撈龍，都是設圈套使人上當之意。虛囂，亦作「囂虛」，是虛假、偽詐的意思。救風塵雜劇第三折正旦扮趙盼兒唱〔滾繡球〕曲：「有那千般不實喬軀老，有萬種虛囂歹議論。」撈龍，亦作「牢籠」、「牢龍」，本指女子以色誘人上當，亦泛指設局坑人。「機關」與「見識」對舉，前猶陷阱，後指手段或伎倆。機、見二字亦可連用，為機變與見識之義。圯橋進履雜劇第三折正末唱〔滾繡球〕曲：「論機見呵，我似那齊孫臏報冤仇，在馬陵川夜擒了那一員虎將。」

⑳ 當壚滌器：用卓文君與司馬相如於臨邛市上當壚賣酒事。參見本劇楔子注⑩。

㉑ 舉案齊眉：亦作「齊眉舉案」，形容夫妻間和睦相處，互敬互愛。後漢書梁鴻傳中說：梁鴻每每歸家，其妻孟光都準備好了飯菜，「不敢於鴻前仰視，舉案齊眉」。案，指盛食物用的一種有腳的托盤。元雜劇中有無名氏的舉案齊眉一劇，即寫這個故事。

㉒ 多伶俐：多麼乾淨，引申為沒有牽連。伶，原本作「怜」，據文義改。這裏是反諷，謂蔡婆婆與張驢兒父

換新衣㉓。那裏有奔喪處哭倒長城㉔？那裏有浣紗時甘投大水㉕？那裏有上山來便化頑石㉖？可悲可恥，婦人家直恁的㉗無仁義。多淫奔㉘，少志氣，虧殺前人在那裏，更休

子難脫干係，不清不白。此前二句亦是反諷之詞。

㉓ 墳頭二句：暗譏蔡婆婆不念對亡夫的舊情，與張老兒不能斷絕關係。傳說莊子曾遇到一年少婦人，渾身縞素，坐在一座新墳前用力以扇子搧，問其情由，婦人稱墳裏埋的是她的丈夫。原來她丈夫臨終前曾囑咐說，要等他的墳頭土乾了她才能改嫁。為了早些嫁人，她便用力搧墳，使新土快乾。事詳明馮夢龍編警世通言卷二莊子休鼓盆成大道。此「墳頭上土脈猶濕」，意為丈夫去世不久。架兒上，指身上。新衣，指嫁衣。

㉔ 奔喪處哭倒長城：用民間傳說中孟姜女哭倒長城事。傳說秦始皇時范杞良被徵去修長城，其妻孟姜女千里迢迢去為丈夫送寒衣。及待她到了長城，杞良已勞累而死，她伏屍痛哭不已，結果是把長城哭倒了。這個傳說故事隋唐時就已在民間廣為流傳了。下文〔賀新郎〕中那裏肯千里送寒衣亦用此事。奔喪處，古名家雜劇本作「走邊庭」。

㉕ 浣紗時甘投大水：春秋時，楚人伍子胥因被迫害，逃難到吳國去。他來到江邊，遇到一個浣紗女。她給他飯吃，對他的遭遇表示深切同情。臨別時，伍子胥囑咐浣紗女，千萬不能向楚國的追兵說出他的去向。為了表達自己的誠意，浣紗女捨生取義，投江而死。事詳史記伍子胥列傳。元雜劇中有伍員吹簫，即寫此事。

㉖ 上山來便化頑石：中國古代不少地方都有望夫石的傳說。初學記卷五引南朝劉義慶幽明錄：「武昌北山

說本性難移㉙。

（云）婆婆，羊肚兒湯做成了，你吃些兒波。（張驢兒云）等我拿去。（做接嘗科，云）這裏面少些鹽醋，你去取來。（正旦下）（張驢兒放藥科）（正旦上，云）這不是鹽醋！（張驢兒云）你傾下些。（正旦唱）

【隔尾】你說道少鹽欠醋無滋味，加料添椒纔脆美。但願娘親早痊濟㉚，飲羹湯一杯，

有望夫石，狀若人立。古傳云：昔有貞婦，其夫從役，遠赴國難，攜幼子餞送北山，立望夫而化為立石。」遼寧興城西南望夫山上也有望夫石。此外寧夏、江西、貴州、廣東等地都有望夫石及其傳說。戲曲、小說中多以望夫石喻女子懷念丈夫之堅貞。西廂記雜劇第四本第三折正旦白：「尋思起就裏，險化作望夫石。」這裏的「化頑石」即指化為望夫石。以上數句竇娥列舉了孟姜女等古代堅貞女子，均是在婉諷和責備婆婆，以為她對前夫有不貞不義之嫌。

㉗ 直恁的：竟然如此。漢宮秋雜劇第四折〔隨煞〕曲：「暗添人白髮成衰病，直恁的吾家可也勸不省。」

㉘ 淫奔：謂男女間私相奔就，自行結合。多指女方奔就男方。封建禮教認為，男女相結合必須遵循「父母之命，媒妁之言」，否則就是不合禮法，就是淫奔。詩王風大車序：「禮義陵遲，男女淫奔。」孔穎達疏：「男女淫奔，謂男淫而女奔之也。」牆頭馬上雜劇第三折尚書云：「婦人家共人淫奔，私情來往，這非過逢赦不赦。」

㉙ 本性難移：古名家雜劇本作「百步相隨」。王季思先生主編全元戲曲於此出「校記」云：「『相隨百步，尚有徘徊意』，元人成語。」可供參酌。

勝甘露㉛灌體，得一個身子平安倒大來㉜喜。

（孛老云）孩兒，羊肚湯有了不曾？（張驢兒云）湯有了，你拿過去。（孛老將湯云）婆婆，你吃些湯兒。（卜兒云）有累你。（做嘔科，云）我如今打嘔，不要這湯吃了，你老人家吃罷。（孛老云）這湯特做來與你吃的，便不要吃，也吃一口兒。（卜兒云）我不吃了，你老人家請吃。（孛老吃科）（正旦唱）

【賀新郎】一個道你請吃，一個道婆先吃，這言語聽也難聽，我可是氣也不氣！想他家與咱家，有甚的親和戚？怎不記舊日夫妻情意，也曾有百縱千隨？婆婆也，你莫不為「黃金浮世寶，白髮故人稀㉝」，因此上把舊恩情，全不比新知契？則待要百年同墓穴，

㉚ 痊濟：猶痊癒。痊，病癒。濟，止也。

㉛ 甘露：甜美的露水。漢書宣帝紀：「元康元年……甘露降未央宮。」古人迷信，以為凡太平盛世，則天降甘露，乃祥瑞之兆。後多用以喻甘美的、對身體有滋補作用的飲料。另，佛教又以甘露作為其美化教義的比喻，或稱「膏露」、「天酒」，謂其可延年益壽，長生不老。妙法蓮花經藥草喻品：「為大眾說甘露淨法。」

㉜ 倒大來：元曲中常用程度副詞，是非常、特別的意思。「來」是語助詞，無義。王粲登樓雜劇第二折正末唱〔滾繡球〕曲：「安樂窩中且避乖，倒大來悠哉！」

㉝ 黃金二句：宋元時成語，意思是黃金世俗皆知寶貴，而相交至白頭的知己卻是少有的。這裏是借以諷刺蔡婆婆不珍惜與前夫的感情，晚年尚存另結新歡的念頭。亦作「黃金浮世在，白髮故人稀」。薦福碑雜劇

那裏肯千里送寒衣。

（孛老云）我吃下這湯去，怎覺昏昏沉沉的起來？（做倒科）（卜兒慌科，云）你老人家放精神㉞著，你掙扎著些兒。（做哭科，云）兀的不是死了也！（正旦唱）

【鬥蝦蟆】空悲戚，沒理會㉟，人生死，是輪迴。感著這般病疾，值著這般時勢，可是風寒暑濕，或是饑飽勞役，各人症候自知。人命關天關地，別人怎生替得？壽數非干今世，相守三朝五夕，說甚一家一計㊱？又無羊酒緞匹，又無花紅財禮㊲；把手為活過日，撒手如同休棄㊳。不是竇娥忤逆，生怕傍人論議，不如聽咱勸你，認個自家晦氣。

第四折正末唱〔梅花酒〕：「他倚恃著黃金浮世在，我險些兒白髮故人稀。」

㉞ 精神：清醒；振作。或以為這裏是誤刻，「精神」應作「精細」。見王季思主編的全元戲曲。

㉟ 理會：本為辦理、料理之意，這裏引申為辦法。沒理會即沒辦法，表示對某事物的束手無策，不可逆轉。相反，有理會便是有辦法。如水滸傳第十三回：「夫人不必掛心，世傑自有理會。」

㊱ 一家一計：一夫一妻的家庭，亦指一家人一條心。漁樵記雜劇第三折正末唱〔醉春風〕曲：「道不的個一夫一婦，一家一計，你可甚麼一親一近。」

㊲ 又無二句：羊酒、緞匹、花紅、財禮，均是宋元時定親的必備品，缺一則不能定婚約。宋孟元老東京夢華錄卷五娶婦條：「凡娶媳婦，先起草帖子，兩家允許，然後起細帖子……次擔許口酒，以絡盛酒瓶，裝以大花八朵，羅絹生色或銀勝八枚，又以花紅繳擔上，謂之繳擔紅，與女家。……」

㊳ 把手二句：意為兩個人在一起時，無非攜手過日子，一旦對方死了，也就罷了。撒手，指亡故。休棄，

割捨的一具棺材，停置幾件布帛，收拾出了咱家門裏，送入他家墳地㊴。這不是你那從小兒年紀指腳的夫妻㊵。我其實不關親，無半點恓惶㊶淚。休得要心如醉，意似痴，便這等嗟嗟怨怨，哭哭啼啼。

（張驢兒云）好也囉，你把我老子藥死了，更待乾罷！（卜兒云）孩兒，這事怎了也？（正旦云）我有什麼藥？在那裏？都是他要鹽醋時，自家傾在湯兒裏的。（唱）

【隔尾】這廝搬調㊷咱老母收留你，自藥死親爺待要唬嚇誰。（張驢兒云）我家的老子，倒

指解除婚約。

㊴ 割捨的四句：王季思先生主編的全元戲曲在標點上與王國維先生的宋元戲曲史有出入，此從後者。割捨，猶破費。停置，猶置辦。宋元俗語中有「停當」一詞，是料理妥當的意思。「停置」與「停當」區別在於前者指預置置辦，後者指置辦好了。停置，也作「置停」，今北方方言中還保留著。如說置停點家產，即購置、積蓄些家產的意思。

㊵ 指腳的夫妻：猶結髮的夫妻、原配的夫妻。此曲自「不是竇娥忤逆」至「這不是你那從小兒年紀指腳的夫妻」，古名家雜劇本作：「不怕旁人笑恥，不是竇娥忤逆。勸不的即即世世、哭哭啼啼、煩天惱地。呸！不是你捨不的你那從小裏指腳兒夫妻。」文字上出入較大。

㊶ 恓惶：音ㄒㄧ ㄏㄨㄤˊ，匆促不安的樣子。也可以疊起來用，作「恓恓惶惶」，有匆促、頻頻之意。西廂記雜劇第四本第三折正旦唱〔叨叨令〕：「久以後書兒信兒，索與我恓恓惶惶的寄。」

㊷ 搬調：搬弄、調唆。漁樵記雜劇第四折王安道云：「你丈人搬調你渾家，故意的索休索離，大雪裏趕你

說是我做兒子的藥死了，人也不信。（做叫科，云）四鄰八舍聽著：竇娥藥殺我家老子哩！（卜兒云）罷麼，你不要大驚小怪的，嚇殺我也！（張驢兒云）你可怕麼？（卜兒云）可知怕哩。（張驢兒云）你要饒麼？（卜兒云）可知要饒哩。（張驢兒云）你教竇娥隨順了我，叫我三聲的的親親的丈夫，我便饒了他。（卜兒云）孩兒也，你隨順了他罷。（正旦云）婆婆，你怎說這般言語！（唱）我

一馬難將兩鞍鞴43，想男兒在日，曾兩年匹配，卻教我改嫁別人，其實做不得。

（張驢兒云）竇娥，你藥殺了俺老子，你要官休要私休？（正旦云）怎生是官休？怎生是私休？（張驢兒云）你要官休呵，拖你到官司，把你三推六問，你這等瘦弱身子，當不過拷打，怕你不招認藥死我老子的罪犯！你要私休呵，你早些與我做了老婆，倒也便宜了你。（正旦云）我又不曾藥死你老子，情願和你見官去來。（張驢兒拖正旦、卜兒下）（淨扮孤引祗候上44，詩云）我做官

出去，男子漢不毒不發，料得你要進取功名。」

43 我一馬難將兩鞍鞴：宋元俗語中以「一馬一鞍」或「一鞍一馬」喻指女子不嫁二夫。元史列女傳衣氏：「衣氏具雞黍祭其夫……曰：『吾聞一馬不被兩鞍，吾夫既死，與之同棺共穴可也。』遂自剄。」西廂記雜劇第五本第三折淨扮鄭恒云：「道不得『一馬不跨雙鞍』，可怎生父在時曾許了我，父喪之後，母到悔親？」鞴，音ㄅㄟˋ，亦作「鞁」。後簡作「備」或「被」。說文解字注：「鞴，車駕具也。」指將鞍韉套在馬背上。

44 淨扮孤引祗候上：淨角扮演官員及其隨從上場。淨，已見本劇第一折注1。孤，雜劇中的官員。宋元市

人勝別人，告狀來的要金銀。若是上司當刷卷㊺，在家推病不出門。下官楚州太守桃杌㊻是也。今早升廳坐衙，左右喝攛廂㊼。（祗候吆喝科）（張驢兒拖正旦、卜兒上，云）告狀！告狀！（祗候云）拿過來。（做跪見，孤亦跪科，云）請起。（祗候云）相公㊽，他是告狀的，怎生跪著他？（孤

語稱官員為「孤老」，故有此稱謂。明鋤蘭忍人玄雪譜行院聲嗽人物：「官人，孤老。」祗候，本為宋代武官名，元代用以稱衙門裏貼近官員傳令宣導、身分較高的衙役或隨從，也有以此稱呼貴族大家的僕役頭目的。

㊺ 刷卷：清查地方民刑案卷。元代慣例是由肅政廉訪使赴所屬各地方衙門稽核審查。

㊻ 桃杌：諧音「檮杌」。檮杌為古代傳說中「四兇」之一。左傳文公十八年：「顓頊氏有不才子，不知教訓，不知話言，告之則頑，捨之則嚚，傲很明德，以亂天常，天下之民謂之檮杌。」杜預注：「檮杌，頑兇無儔匹之貌。」傳說中的「四兇」是：渾敦、窮奇、檮杌、饕餮。此劇以諧音「檮杌」命名貪官太守，意在隱喻元代官場的黑暗和吏制的腐敗。

㊼ 喝攛廂：亦作「喝攛箱」。宋元官吏開庭審案時，祗從站立兩旁，大聲吆喝，以示肅靜並顯威然，屆時從箱子裏取出狀詞或案卷。這樣的儀式俗稱喝攛廂（箱）。喝，吆喝；喊叫。攛，移動和開啟。廂（箱），投放狀詞的箱子。盆兒鬼雜劇第四折包拯云：「今日升廳坐起早衙，張千，喝攛廂者！」

㊽ 相公：本是對宰相的敬稱。亦作「公相」。相，指官員說。公，指爵位說。清顧炎武日知錄卷二十四：「前代拜相者必稱公，故稱之曰相公。」後泛用於對上層官員及有權勢者的敬稱，乃至稱一般的讀書人和普通男子也作相公。這裏係對地方官員的尊稱。

云）你不知道，但來告狀的，就是我衣食父母㊾。（祗候吆喝科，孤云）那個是原告？那個是被告？從實說來！（張驢兒云）小人是原告張驢兒，告這媳婦兒，喚做竇娥，合毒藥下在羊肚湯兒裏，藥死了俺的老子。這個喚做蔡婆婆，就是俺的後母。望大人與小人做主咱！（孤云）是那一個下的毒藥？（正旦云）不干小婦人事。（卜兒云）也不干老婦人事。（張驢兒云）也不干我事。（孤云）都不是，敢是我下的毒藥來？（正旦云）我婆婆也不是他後母。他自姓張，我家姓蔡。我婆婆因為與賽盧醫索錢，被他賺到郊外，勒死我婆婆；卻得他爺兒兩個救了性命，因此我婆婆收留他爺兒兩個在家，養膳終身，報他的恩德。誰知他兩個倒起不良之心，冒認婆婆做了接腳，要逼勒小婦人做他媳婦。小婦人原㊿是有丈夫的，服孝未滿，堅執不從。適值我婆婆患病，著小婦人安排羊肚湯兒吃，不知張驢兒那裏討得毒藥在身？接過湯來，只說少些鹽醋，支轉小婦人，暗地傾下毒藥。也是天幸，我婆婆忽然嘔吐，不要湯吃，讓與他老子吃；纔吃的幾口便死了，與小婦人並無干涉。只望大人高抬明鏡，替小婦人做主咱！（唱）

【牧羊關】大人你明如鏡，清似水，照妾身肝膽虛實。那羹本五味俱全，除了外百事不知。他推道嘗滋味，吃下去便昏迷。不是妾訟庭上胡支對51，大人也，卻教我平白地說

㊾ 但來二句：這是插科打諢。封建時代的地方官向以老百姓的父母官自居，此反言之，嘲諷了官吏盤剝百姓及詐取告狀人的卑劣本質。

㊿ 原：原本作「元」，徑改。

甚的？

（張驢兒云）大人詳情：他自姓蔡，我自姓張。他婆婆不招俺父親接腳，他養我父子兩個在家做甚麼？這媳婦兒年紀雖小[52]，極是個賴骨頑皮，不怕打的。（孤云）人是賤蟲，不打不招。左右，與我選大棍子打著！（祇候打正旦，三次噴水科）（正旦唱）

【罵玉郎】這無情棍棒教我捱不的。婆婆也，須是你自做下，怨他誰？勸普天下前婚後嫁婆娘每，都看取我這般傍州例[53]。

【感皇恩】呀！是誰人唱叫揚疾[54]，不由我不魄散魂飛。恰消停[55]，纔蘇醒，又昏迷。捱千般打拷，萬種凌逼，一杖下，一道血，一層皮。

【採茶歌】打的我肉都飛，血淋漓，腹中冤枉有誰知。則我這小婦人，毒藥來從何處也？天那，怎麼的覆盆不照太陽暉[56]！

---

[51] 胡支對：隨便應付，胡亂答對。

[52] 媳婦兒年紀雖小：原本誤刻作「媳婦年紀兒雖小」，今改。

[53] 傍州例：本意是依照（傍）別的地方（州、府）的判例，引申為榜樣或突出的例子。

[54] 唱叫揚疾：一聲接一聲地高喊、吆喝。揚疾，高揚、疾促。

[55] 消停：指吵鬧的聲音停歇下來。

[56] 覆盆不照太陽暉：盆口朝地面反扣著，太陽光照不進去，裏面自然是漆黑一團，謂之「覆盆」。後因以喻

（孤云）你招也不招？（正旦云）委的57不是小婦人下毒藥來。（孤云）既然不是，你與我打那婆子！（正旦忙云）住住住，休打我婆婆。情願我招了罷，是我藥死公公來。（孤云）既然招了，著他畫了伏狀58，將枷來枷上，下在死囚牢裏去。到來日判個斬字，押付市曹典刑59。（卜兒哭科，云）竇娥孩兒，這都是我送了你性命。兀的不痛殺我也！（正旦唱）

【黃鍾尾】我做了個銜冤負屈沒頭鬼，怎肯便放了你好色荒淫漏面賊60！想人心不可欺，冤枉事天地知，爭到頭競到底，到如今待怎的。情願認藥殺公公，與了招罪。婆婆也，我怕把你來便打的，打的來傒的61。我若是不死呵，如何救得你？（隨祗候押下）

指官吏和衙門的腐敗和貪婪，造成種種冤獄，即暗無天日的意思。敦煌變文王昭君變文：「日月無明照覆盆。」清平山堂話本張子房慕道記：「日月雖明，尚不照覆盆之下。」

57 委的：亦作「委實的」，即真的、確實的。

58 伏狀：招狀；供狀。即認罪的書面文契。待犯人簽字或畫押後才能判決。

59 押付市曹典刑：即綁赴鬧市執行死刑。古代犯人斬首往往要在人群稠密的鬧市進行，意在對世人起到威懾作用。

60 漏面賊：宋元時懲罰罪犯有在臉上刺字的刑法。漏面，疑即「鏤面」，亦即臉上有刺字。市井間因將公開犯罪、無所顧忌的惡人稱作「漏面賊」。

61 我怕二句：原本「婆婆也」以下無此二句，酹江集本與古名家雜劇本補此句。酹江集本於此有眉批云：「此句一字一點淚。吳興本（案即元曲選本）刪去，照原本增入。」

（張驢兒做叩頭科，云）謝青天老爺做主，明日殺了竇娥，纔與小人的老子報的冤。（卜兒哭科，云）明日市曹中殺竇娥孩兒也，兀的不痛殺我也！（孤云）張驢兒、蔡婆婆都取保狀，著隨衙聽候。左右，打散堂鼓[62]，將馬來，回私宅去也。（同下）

[62] 散堂鼓：審案完畢官員宣告退衙時所敲的衙鼓。古代官員升廳坐衙和退衙時，都要擊鼓。坐衙時擊鼓俗稱「升堂鼓」，退衙時擊鼓俗稱「散堂鼓」或「退衙鼓」。

第三折

（外❶扮監斬官上，云）下官監斬官是也。今日處決犯人，著做公的❷把住巷口，休放往來人閒走。（淨扮公人鼓三通、鑼三下科。劊子磨旗❸、提刀，押正旦帶枷上。劊子云）行動些，行動些，監斬官去法場❹上多時了！（正旦唱）

【正宮・端正好】沒來由❺犯王法，不提防遭刑憲❻，叫聲屈動地驚天！頃刻間遊魂先

---

❶ 外：元雜劇中角色行當「外末」之省稱，指「正末」以外次要的男角，即末外又一末的意思。至後來的明清傳奇，「外」逐漸演變為扮演老年男子的角色名稱。

❷ 做公的：即公人，是對官府中衙役與皁隸的統稱。

❸ 磨旗：揮動旗子開路。宋孟元老東京夢華錄卷七駕登寶津樓諸軍呈百戲：「次一人磨旗出馬，謂之『開道旗』。」

❹ 法場：執行死刑的場所。宋陸游入蜀記卷二：「後至他郡，見通衢有石幢，問此何為，從者曰：『法場也』，亦大駭叫呼，幾墜車。」此折為全劇高潮，後作折子戲搬演，即名之曰「法場」，又稱「斬娥」。

❺ 沒來由：無緣無故。此是被冤枉的意思。

❻ 不提防句：是說自己的被罪完全是出乎意料。不提防，與上文「沒來由」對舉，猶言想不到。別本或作

赴森羅殿❼，怎不將天地也生埋怨？

【滾繡球】有日月朝暮懸，有鬼神掌著生死權❽，天地也，只合❾把清濁分辨，可怎生糊突了盜跖顏淵❿？為善的受貧窮更命短，造惡的享富貴又壽延。天地也，做得個⓫怕

「不堤防」。古名家雜劇本和酹江集本均作「葫蘆提」，意似更為顯豁，乃是糊裏糊塗被下獄、處死之意。遭刑憲，與上句「犯王法」對應。刑憲指法律條文。裴度還帶雜劇第四折：「因傳彬貪財好賄，犯刑憲負累忠臣。」

❼ 森羅殿：俗稱閻王殿、閻羅殿或陰曹地府，亦稱「森羅寶殿」、「閻羅寶殿」。民間迷信傳說中有人死後魂歸陰曹地府的說法，而陰曹地府的最高統治者就是閻羅王，其審案斷事之處便是所謂的森羅殿。古今小說鬧陰司司馬貌斷獄：「玉帝准奏，即差金星奉旨，到陰司森羅殿，命閻君即勾司馬貌到來，權借王位與坐。」

❽ 有日月二句：這裏的「日月」和「鬼神」均有隱喻。王季思先生主編的中國十大古典悲劇集於此〔滾繡球〕曲有眉批云：「日月喻君臨天下的皇帝，鬼神喻掌握百姓生殺大權的官吏，竇娥呼天搶地的哭號，對等級社會提出了最有力的控訴。」此說可供參酌。「有鬼神掌著生死權」句，古名家雜劇本作「有山河今古監」。

❾ 只合：本該。合，合該；應該。

❿ 可怎生句：意為何以將好人與壞人混而不分。「可」字發語往往是問句。糊突，混淆。突，通「塗」。盜跖與顏淵都是春秋時代人。跖是古代傳說中反抗貴族統治的領袖，前加「盜」字乃是統治階級的蔑稱。

硬欺軟，卻原來也這般順水推船⑫。地也，你不分好歹何為地？天也，你錯勘賢愚枉做天！哎，只落得兩淚漣漣。

（劊子云）快行動些，誤了時辰也。（正旦唱）

【倘秀才】則被這枷紐的我左側右偏，人擁的我前合後偃⑬。我竇娥向哥哥行⑭有句言；（劊子云）你有甚麼話說？（正旦唱）前街裏去心懷恨，後街裏去死無冤，休推辭路遠。

（劊子云）你如今到法場上面，有甚麼親眷要見的？可教他過來，見你一面也好。（正旦唱）

【叨叨令】可憐我孤身隻影無親眷，則落的吞聲忍氣空嗟怨。（劊子云）難道你爺娘家也沒的？（正旦云）止有個爹爹，十三年前上朝取應去了，至今杳無音信。（唱）早已是十年多不睹

顏淵則是孔子弟子中著名的賢人。古代常以這兩個人作為好人與壞人的典型。糊突，古名家雜劇本作「錯看」。

⑪ 做得個：猶「落得個」。元雜劇中常用以說明某種出人意想之外的結局。

⑫ 順水推船：比喻便宜行事。這裏有是非顛倒和趨炎附勢的意思。

⑬ 則被二句：這是邊唱邊做動作的曲詞，在舞臺上當有幅度較大的舞蹈身段。枷，枷索。左側右偏，形容帶枷行走時身體艱難搖擺，失去平衡的樣子。前合後偃，即前合後仰。偃，音ㄧㄢˇ。說文解字注八篇上人部：「凡仰仆曰偃，引申為凡仰之稱。」

⑭ 哥哥行：猶哥哥那裏。行，音ㄏㄤˊ，宋元俗文學作品中多用來表示處所，一般用在稱謂後面，相當於「這裏」、「那裏」。

爹爹面。（劊子云）你適纔要我往後街裏去，是什麼主意？（正旦唱）怕則怕前街裏被我婆婆見。（劊子云）你的性命也顧不得，怕他見怎的？（正旦云）俺婆婆若見我披枷帶鎖，赴法場餐刀⑮去呵，（唱）枉將他氣殺也麼哥⑯，枉將他氣殺也麼哥！告哥哥，「臨危好與人行方便。」（卜兒哭上科，云）天那，兀的不是我媳婦兒！（劊子云）婆子靠後！（正旦云）既是俺婆婆來了，叫他來，待我囑付他幾句話咱。（劊子云）那婆子近前來，你媳婦要囑付你話哩。（卜兒云）孩兒，痛殺我也！（正旦云）婆婆，那張驢兒把毒藥放在羊肚兒湯裏，實指望藥死了你，要霸占我為妻。不想婆婆讓與他老子吃，倒把他老子藥死了。我怕連累婆婆，屈招了藥死公公，今日赴法場典刑。婆婆，此後遇著冬時年節，月一十五，有瀽⑰不了的漿水飯，瀽半碗兒與我吃；燒不了的紙錢，與竇娥燒一陌兒⑱，則是看你死的孩兒面上！（唱）

【快活三】念竇娥葫蘆提當罪愆⑲，念竇娥身首不完全，念竇娥從前已往幹家緣⑳。婆

⑮ 餐刀：猶「挨刀」，即被砍頭之意。餐，義同「吃」，俗語言「吃一刀」，就是挨一刀的意思。

⑯ 也麼哥：元曲中常用的襯詞，無實際意義。此處二句重疊，句尾均綴以「也麼哥」，乃是〔叨叨令〕曲的定格。

⑰ 瀽：音ㄐㄧㄢˇ，是潑或灑之意。此指澆奠以祭死者亡靈。

⑱ 一陌兒：即一百文錢。陌，量詞。通「佰」。這裏只是用作一個概數，並非具體實指。

⑲ 葫蘆提當罪愆：謂不明不白被問成死罪。葫蘆提，宋元市井間俗語，猶糊裏糊塗、懵懵懂懂。罪愆，本

婆也，你只看竇娥少爺無娘面。

【鮑老兒】念竇娥伏侍婆婆這幾年，遇時節將碗涼漿奠㉑；你去那受刑法尸骸上烈些紙錢㉒，只當把你亡化的孩兒薦㉓。（卜兒哭科，云）孩兒放心，這個老身都記得。天那，兀的不痛殺我也！（正旦唱）婆婆也，再也不要啼啼哭哭，煩煩惱惱，怨氣衝天。這都是我做竇娥的沒時沒運，不明不暗，負屈銜冤。

（劊子做喝科，云）兀那婆子靠後，時辰到了也。（正旦跪科）（劊子開枷科）（正旦云）竇娥告監斬大人，有一事肯依竇娥，便死而無怨。（監斬官云）你有甚麼事？你說。（正旦云）要一領淨席，等我竇娥站立；又要丈二白練㉔，掛在旗槍㉕上。若是我竇娥委實冤枉，刀過處頭落，一腔

指罪惡，引申為罪犯。愆，音ㄑㄧㄢ。

⑳ 幹家緣：操持家務。

㉑ 遇時節將碗涼漿奠：遇時節，指逢年過節以及祭日週年等。時，歲時。涼漿，指酒水飲料。奠，祭奠。

㉒ 烈些紙錢：即燒些紙錢。烈，焚燒。孟子滕文公上：「益烈山澤而焚之。」朱熹注：「烈，熾也。」紙錢，亦稱「冥錢」、「千張」、「楮幣」等。古俗謂亡者持之可於陰間通用。漢代以前多以銅錢實物埋於墓穴或墓旁，魏晉以後漸以紙製仿品替代，初或作銅錢狀，或印出銅錢圖樣。近世則簡化為焚燒黃草紙。唐張籍北邙行：「寒食家家送紙錢，烏鳶作窠銜上樹。」

㉓ 薦：追薦。本指做佛事以求死去之人靈魂升天，即做道場超度亡靈。亦泛指民間祭奠死者的活動。

㉔ 白練：泛指白色布帛、綢緞。練，白絹。下面〔耍孩兒〕曲中的「素練」，其用義同此。

熱血，休半點兒沾在地下，都飛在白練上者。（監斬官云）這個就依你，打什麼不緊㉖。（劊子做取席站科，又取白練掛旗上科）（正旦唱）

【耍孩兒】不是我竇娥罰下這等無頭願㉗，委實的冤情不淺。若沒些兒靈聖與世人傳，也不見得湛湛青天。我不要半星熱血紅塵灑，都只在八尺旗槍素練懸，等他四下裏皆瞧見。這就是咱萇弘化碧㉘，望帝啼鵑㉙。

（劊子云）你還有甚的說話？此時不對監斬大人說，幾時說那！（正旦再跪科，云）大人，如今是三伏天道㉚，若竇娥委實冤枉，身死之後，天降三尺瑞雪，遮掩了竇娥屍首。（監斬官云）這

㉕ 旗槍：古時旗杆頂端往往有槍或戟形飾物，故稱。

㉖ 打什麼不緊：元雜劇中常用俗語，即「有什麼關係」或「有什麼要緊」之意。亦作「打甚不緊」、「打什麼緊」、「不打緊」等，義均同。

㉗ 罰下這等無頭願：罰下，即賭下。無頭願，砍頭之前的誓願。

㉘ 萇弘化碧：萇弘，亦稱萇叔，春秋時周敬王大臣劉文公所屬大夫。劉氏與晉國范氏世代盟婚，因在晉卿內訌時暗中協助范氏。晉卿趙鞅為此聲討劉文公和萇弘，弘遂被周人殺死。事見國語周語下。莊子外物：萇弘死於蜀，藏其血，三年而化為碧。此借以喻含恨而死，冤情深重。

㉙ 望帝啼鵑：傳說古蜀王名杜宇，號望帝，他被逼將帝位讓給了自己的臣子，隱居深山之中。他死後化為鳥，日夜啼鳴，蜀人感懷之，呼此鳥為「杜鵑」、「杜宇」或「子規」。事見華陽國志蜀志。這裏借「望帝啼鵑」與「萇弘化碧」對舉，互文同義。

等三伏天道，你便有衝天的怨氣，也召不得一片雪來。可不胡說！（正旦唱）

【二煞】你道是暑氣暄㉛，不是那下雪天，豈不聞飛霜六月因鄒衍㉜？若果有一腔怨氣噴如火，定要感的六出冰花㉝滾似綿，免著我屍骸現。要什麼素車白馬㉞，斷送出古陌荒阡㉟！

（正旦再跪科，云）大人，我竇娥死的委實冤枉，從今以後，著這楚州亢旱㊱三年。（監斬官

㉚ 三伏天道：三伏指夏季最炎熱的時節，包括初伏、中伏、末伏。從農曆夏至第三個庚日開始每十天為一伏。天道，天氣。

㉛ 暑氣暄：熱氣蒸騰。極言夏季酷暑炎熱。

㉜ 飛霜六月因鄒衍：文選江文通詣建平王上書：「昔者賤臣叩心，飛霜擊於燕地。」李善注：「淮南子曰：『鄒衍盡忠於燕惠王，惠王信讒而繫之。鄒衍仰天而哭，正夏而天為之降霜。』」東漢王充論衡感虛所載略同。後世往往以此事以喻冤獄。

㉝ 六出冰花：即雪花。雪花結晶體為六瓣，故有此稱。太平御覽卷十二引韓詩外傳：「凡草木花多五出，雪花獨六出。」

㉞ 素車白馬：東漢時，張劭與范式交好，後張劭病故，范式全身縞素，乘白馬白車，遠道馳赴為好友弔喪。事詳後漢書卷八十一獨行傳范式。

㉟ 斷送句：指送葬，俗亦稱出殯。斷送，即發送、發葬。古陌荒阡，指荒郊野外。陌、阡均指田間小路。

㊱ 亢旱：大旱或久旱。亢，音ㄎㄤˋ。此極言旱情之重。

云）打嘴！那有這等說話！（正旦唱）

【一煞】你道是天公不可期㊲，人心不可憐，不知皇天也肯從人願。做甚麼三年不見甘霖㊳降？也只為東海曾經孝婦冤㊴，如今輪到你山陽縣。這都是官吏每無心正法，使百姓有口難言！

（劊子做磨旗科，云）怎麼這一會兒天色陰了也？（內做風科。劊子云）好冷風也！（正旦唱）

【煞尾】浮雲為我陰，悲風為我旋，三樁兒誓願明題遍㊵。（做哭科，云）婆婆也，直等待雪飛六月，亢旱三年呵，（唱）那其間纔把你個屈死的冤魂這竇娥顯！

（劊子做開刀，正旦倒科）（監斬官驚云）呀，真個下雪了，有這等異事！（劊子云）我也道平

㊲ 期：期盼。此處有託付、祈求的意思。

㊳ 甘霖：指及時解除旱情的好雨。甘，甜美。霖，久雨。左傳隱公九年：「凡雨，自三日以往為霖。」

㊴ 東海曾經孝婦冤：此劇本事來源於西漢劉向說苑卷五貴德，漢書于定國傳所載文字略同。晉干寶搜神記卷十一對東海孝婦故事加以豐富和發展。傳說寡婦周青恭謹孝順婆婆，後婆婆垂老，不願為寡媳累，乃自經而死。周青的小姑告官，謂母為嫂所殺，太守不察，將周青屈打成招後處死。行刑時，周青鮮血逆流，緣十丈幡竿而上，且冤魂不散，郡中大旱三年。

㊵ 三樁句：指竇娥臨刑前的三個無頭誓願，即鮮血倒流、六月飛雪、亢旱三年，一一都說清楚了。題遍，猶說完。題，提出；說明。

日殺人，滿地都是鮮血。這個竇娥的血，都飛在那丈二白練上，并無半點落地，委實奇怪。（監斬官云）這死罪必有冤枉。早兩樁兒應驗了，不知亢旱三年的說話㊶，准也不准？且看後來如何。左右，也不必等待雪晴，便與我擡他屍首，還了那蔡婆婆去罷。（眾應科，擡屍下）

㊶ 說話：這裏猶「說法兒」。話，義同言辭、條陳。宋辛棄疾醜奴兒近博山道中效李易安體：「舊盟都在，新來莫是，別有說話。」元王曄桃花女雜劇第二折彭大云：「我依著他的說話，擺下這七分香紙花果、明燈淨水，拜告星官。」

第四折

（竇天章冠帶引丑❶張千、祗從上，詩云）獨立空堂思黯然，高峰月出滿林煙。非關有事人難睡，自是驚魂夜不眠。老夫竇天章是也。自離了我那端雲孩兒，可早十六年光景。老夫自到京師，一舉及第，官拜參知政事❷。只因老夫廉能清正，節操堅剛，謝聖恩可憐，加老夫兩淮提刑肅政廉訪使❸之職，隨處審囚刷卷，體察濫官污吏，容老夫先斬後奏。老夫一喜一悲：喜呵，老夫身

❶ 冠帶句：冠帶，指戴官帽穿朝服束腰帶，即所謂莽袍玉帶。此指竇天章已加官進爵。丑，元雜劇角色行當名，多是扮演地位低下的小人物或反面人物。明徐渭南詞敘錄：「丑，以粉墨塗面，其形甚醜，今省文作『丑』。」祗從，隨從。此指官員的貼身侍從。明王驥德曲律論部色第三十七：「從人曰『祗從』。」

❷ 參知政事：元代職官，中書省與行中書省均設此職，從二品，為宰相的助理官員。

❸ 謝聖恩二句：聖恩，即皇恩。可憐，愛惜。此為倚重、提攜的意思。加，加官。指在原官職之外，再加司其他官職的權限之意。這裏謂以參知政事之職加領肅政廉訪使司職。元代全國各道都設有「提刑按察使」一職，至元二十八年後改稱「提刑肅政廉訪使」，正三品，主要掌管各道吏治得失的考核以及刑獄案卷的審訂等事。詳可參閱元史百官志。

居臺省❹，職掌刑名❺，勢劍金牌❻，威權萬里；悲呵，有端雲孩兒，七歲上與了蔡婆婆為兒媳婦。老夫自得官之後，使人往楚州問蔡婆婆家。他鄰里街坊道：自當年蔡婆婆不知搬在那裏去了，至今音信皆無。老夫為端雲孩兒，啼哭的眼目昏花，憂愁的鬚髮斑白。今日來到這淮南地面，不知這楚州為何三年不雨？老夫今在這州廳安歇。張千，說與那州中大小屬官，今日免參，明日早見。（張千向古門云）一應大小屬官：今日免參，明日早見。（竇天章云）張千，說與那六房吏典❼：但有合刷照文卷❽，都將來，待老夫燈下看幾宗波。（張千送文卷科。竇天章云）張千，你與我掌上燈。你每都辛苦了，自去歇息罷。我喚你便來，不喚你休來。（張千點燈，同祗從下。竇天章云）我將這文卷看幾宗咱。「一起犯人竇娥，將毒藥致死公公」我纔看頭一宗文卷，就與老夫

❹ 臺省：御史臺和中書省。廉訪使屬御史臺，參知政事屬中書省，竇天章身兼二職，故云。

❺ 職掌刑名：掌握刑律的實施情況以及刑獄案卷的復審、裁決權。

❻ 勢劍金牌：勢劍，即所謂的尚方寶劍，亦即由皇帝親賜具有先斬後奏權力的寶劍。金牌，象徵權力與地位的牌符。元代武官萬戶佩金虎符，千戶佩金符，百戶佩銀符。虎頭金牌地位最高，詳見元史卷九十八兵制一。

❼ 六房吏典：即分管各部門的官吏。元代各級政府組織均按吏、戶、禮、兵、刑、工六部門設置，其屬吏統稱六房吏典。

❽ 但有句：凡是應該審核的案卷。此指但凡有疑點的刑案文檔。

同姓。這藥死公公的罪名，犯在十惡不赦❾。俺同姓之人，也有不畏法度的。這是問結❿了的文書，不看他罷。我將這文卷壓在底下，別看一宗咱。（做打呵欠科，云）不覺的一陣昏沉上來，皆因老夫年紀高大，鞍馬勞困之故。待我搭伏定書案，歇息些兒咱。（做睡科。魂旦⓫上，唱）

【雙調・新水令】我每日哭啼啼守住望鄉臺⓬，急煎煎把仇人等待，慢騰騰昏地裏走，足律律⓭旋風中來。則被這霧鎖雲埋，攛掇⓮的鬼魂快。

（魂旦望科，云）門神戶尉⓯不放我進去。我是廉訪使竇天章女孩兒。因我屈死，父親不知。

---

❾ 十惡不赦：元代所謂十惡之罪是：謀反、謀大逆、謀叛、惡逆、不道、大不敬、不孝、不睦、不義、內亂。詳見元史刑法志或元典章。赦，饒恕；寬免。

❿ 問結：已經審判結案。

⓫ 魂旦：扮演女鬼魂的角色。

⓬ 望鄉臺：迷信傳說中謂陰間有望鄉臺，人死後鬼魂可登上望鄉臺回望陽世家中情況，亦借指陰間。爭報恩雜劇第二折正旦扮李千嬌唱（快活三）：「昏慘慘雲霧埋，疏剌剌的風雨篩，我一靈兒直到望鄉臺，猛聽的招魂魄。」

⓭ 足律律：亦作「卒律律」、「促律律」、「足呂呂」等，象聲詞。此形容鬼魂在陰風中飄忽旋轉的聲音。

⓮ 攛掇：亦作「攛斷」、「攛頓」、「攛調」等，在詞曲中有多義。張相詩詞曲語辭匯釋：「猶云搬弄也；聳慂也；催逼也。」這裏是後者，即催促之意。

⓯ 門神戶尉：舊指張貼於門上的神像，以禦凶驅邪，裝飾門面。初泛指禮護門之神祇，後漸有專指。漢廣

特來託一夢與他咱。（唱）

【沉醉東風】我是那提刑的女孩，須不比現世的妖怪。怎不容我到燈影前，卻攔截在門桯⑯外。（做叫科，云）我那爺爺呵，（唱）枉自有勢劍金牌，把俺這屈死三年的腐骨骸，怎脫離無邊苦海？

（做入見哭科，竇天章亦哭科，云）端雲孩兒，你在那裏來？（魂旦虛下）（竇天章做醒科，云）好是奇怪也！老夫纔合眼去，夢見端雲孩兒，恰便似來我跟前一般，如今在那裏？我且再看這文卷咱。（魂旦上，做弄燈科）（竇天章云）奇怪，我正要看文卷，怎生這燈忽明忽滅的？張千也睡著了，我自己剔燈咱。（做剔燈，魂旦翻文卷科。竇天章云）我剔的這燈明了也，再看幾宗文卷。「一起犯人竇娥藥死公公……」（做疑怪科，云）這一宗文卷，我為頭⑰看過，壓在文卷底下，怎生又在這上頭？這幾時⑱問結了的，還壓在底下，我別看一宗文卷波。（魂旦再弄燈科，竇天章云）怎

川王去疾，殿門上曾掛古勇士成慶之像，見漢書廣川王傳。唐以前以神荼、鬱壘為門神最常見。南朝梁宗懍荊楚歲時記：歲旦，繪二神貼戶左右，左神荼，右鬱壘，俗謂之門神。唐始又以秦瓊、尉遲恭（敬德）代之。宋代亦有以鍾馗為門神者。此後更有以戲文人物、財神以及龍鳳呈祥圖案張貼於門上的，漸漸演變為以裝飾作用為主，辟邪之義趨於淡化了。可參見清俞樾茶香室續鈔門神之始。

⑯ 門桯：即俗稱之「門坎」，又稱「門限」。此指門戶。桯，音ㄊㄧㄥ。

⑰ 為頭：亦作「為頭裏」，是口語中先前或已經之意。

麼這燈又是半明半暗的？我再剔這燈咱。（做剔燈，魂旦再翻文卷科。竇天章云）我剔的這燈明了，我另拿一宗文卷看咱。「一起犯人竇娥藥死公公……」呸！好是奇怪。我纔將這文書分明壓在底下，剛剔了這燈，怎生又翻在面上？莫不是楚州後廳裏有鬼麼？便無鬼呵，這樁事必有冤枉。將這文卷再壓在底下，待我另看一宗如何。（魂旦又弄燈科，竇天章云）怎生這燈又不明了，敢有鬼弄這燈？我再剔一剔去。（做剔燈科，魂旦上，做撞見科。竇天章舉劍擊桌科，云）呸，我說有鬼！兀那鬼魂：老夫是朝廷欽差，帶牌走馬⑲肅政廉訪使。你向前來，一劍揮之兩段。張千，虧你也睡的著！快起來，有鬼！有鬼！兀的不唬殺老夫也！（魂旦唱）

【喬牌兒】則見他疑心兒胡亂猜，聽了我這哭聲兒轉驚駭。哎，你個竇天章直恁的威風大，且受你孩兒竇娥這一拜⑳。

（竇天章云）兀那鬼魂，你道竇天章是你父親，受你孩兒竇娥拜。你敢錯認了也？我的女兒叫做端雲，七歲上與了蔡婆婆為兒媳婦。你是竇娥，名字差了，怎生是我女孩兒？（魂旦云）父親，你將我與了蔡婆婆家，改名做竇娥了也。（竇天章云）你便是端雲孩兒。我不問你別的，這藥

---

⑱ 幾時：此為以前、早已之意，猶口語中的老早，含有強調時間很久的意味。

⑲ 帶牌走馬：帶牌，指持有勢劍金牌。走馬，指肅政廉訪使有使用鋪馬和馳驛的特權。元代官府調撥使用驛站馬匹，須持「鋪馬劄子」，即使用驛馬的憑據。倘佩勢劍金牌，便享有特權。詳見元史兵志四。

⑳ 且受你句：原作「且受我竇娥這一拜」，據下句竇天章白改過。

死公公，是你不是？（魂旦云）是你孩兒來。（竇天章云）噤聲㉑！你這小妮子，老夫為你，啼哭的眼也花了，憂愁的頭也白了。你剗地犯下十惡大罪，受了典刑。我今日官居臺省，職掌刑名，來此兩淮審囚刷卷，體察濫官污吏。你是我親生之女，老夫將你治不的，怎治他人？我當初將你嫁與他家呵，要你三從四德。三從者：在家從父，出嫁從夫，夫死從子。四德者：事公姑，敬夫主，和妯娌，睦街坊。今三從四德全無，剗地犯了十惡大罪。我竇家三輩無犯法之男，五世無再婚之女。到今日被你辱沒祖宗世德，又連累我的清名。你快與我細吐真情，不要虛言支對。若說的有半厘差錯，牒發你城隍祠內㉒，著你永世不得人身；罰在陰山㉓，永為餓鬼。（魂旦云）父親停嗔息怒，暫罷狼虎之威，聽你孩兒慢慢的說一遍咱。我三歲上亡了母親，七歲上離了父親。你

㉑ 噤聲：亦作「禁聲」。猶住口、閉嘴。元曲中常用詞語。說文解字：「噤，口閉也。」楚辭九嘆思古：「口禁閉而不言。」注：「閉口為噤也。」墻頭馬上雜劇第三折尚書云：「噤聲！婦人家共人淫奔，私情來往，這非過逢赦不赦。」

㉒ 牒發句：牒發，簽發遞解押送犯人的文書。牒，公文。發，發送；押解。城隍祠，即城隍廟，是迷信傳說中為陰間守護城池的城隍爺所建造的廟宇。

㉓ 陰山：猶陰間、陰界。三國志平話卷上：「斷得陰間無私，交（教）你做個陽間天子；斷得不是，貶在陰山背後，永不為人。」案，據下句「永為餓鬼」，此陰山當指傳說中八大地獄之一的「堆壓地獄」。那是罪惡深重的鬼魂被拘押之所，其間陰風刺骨，能吹破肉身，且全是石頭，沒有食物，犯重罪的鬼魂囚禁其中，身體擠壓在一起，不能轉動。凡不得超生的鬼魂都在那裏挨餓受凍。

將我送與蔡婆婆做兒媳婦，至十七歲與夫配合。纔得兩年，不幸兒夫亡化，和俺婆婆守寡。這山陽縣南門外，有個賽盧醫，他少俺婆婆二十兩銀子，俺婆婆去取討，被他賺到郊外，要將婆婆勒死。不想撞見張驢兒父子兩個，救了俺婆婆性命。那張驢兒知道我家有個守寡的媳婦，便道：你婆兒媳婦既無丈夫，不若招我父子兩個。俺婆婆初也不肯，那張驢兒道：你若不肯，我依舊勒死你。俺婆婆懼怕，不得已含糊許了。只得將他父子兩個，領到家中，養他過世。有張驢兒數次調戲你女孩兒，我堅執不從。那一日俺婆婆身子不快，想羊肚兒湯吃。你孩兒安排了湯，適值張驢兒父子兩個問病，道將湯來我嘗一嘗，說湯便好，只少些鹽醋，賺的我去取鹽醋。他就暗地裏下了毒藥，實指望藥殺俺婆婆，要強逼我成親。不想俺婆婆偶然發嘔，不要湯吃，卻讓與他老子吃㉔，隨即七竅流血藥死了。張驢兒便道：竇娥，藥死了俺老子，你要官休要私休？我便道：怎生是官休？怎生是私休？他道：要官休，告到官司，你與俺老子償命；若私休，你便與我做老婆。你孩兒便道：好馬不鞴雙鞍，烈女不更二夫。我至死不與你做媳婦，我情願和你見官去。他將你孩兒拖到官中，受盡三推六問，吊拷綳扒㉕，便打死，孩兒也不肯認。怎當㉖州官見你孩兒不認，

㉔ 卻讓句：此句原作「卻讓與老張吃」，不似竇娥聲口，據第二折竇娥說白改過。

㉕ 吊拷綳扒：細綁後吊起來拷打。綳扒，音ㄅㄥ ㄅㄚ，剝去衣服再用繩子細緊。亦作「絣扒」、「綳巴」、「拼扒」等，義均同。

㉖ 怎當：這裏是不曾想、誰知的意思。

便要拷打俺婆婆。我怕婆婆年老，受刑不起，只得屈認了。因此押赴法場，將我典刑。你孩兒對天發下三樁誓願：第一樁，要丈二白練，掛在旗槍上。若係冤枉，刀過頭落，一腔熱血，休滴在地下，都飛在白練上；第二樁，現今三伏天道，下三尺瑞雪，遮掩你孩兒屍首；第三樁，著他楚州大旱三年。果然血飛上白練，六月下雪，三年不雨，都是為你孩兒來。（詩云）不告官司只告天，心中怨氣口難言。防他老母遭刑憲，情願無辭認罪愆。三尺瓊花㉗骸骨掩，一腔鮮血練旗懸。豈獨霜飛鄒衍屈，今朝方表竇娥冤。（唱）

【雁兒落】你看這文卷曾道來不道來㉘，則我這冤枉要忍耐如何耐？我不肯順他人，倒著我赴法場；我不肯辱祖上，倒把我殘生壞。

【得勝令】呀，今日個搭伏定攝魂臺㉙，一靈兒㉚怨哀哀。父親也，你現掌著刑名事，親

㉗ 瓊花：指雪花。瓊的本義是美玉，因雪花潔白晶瑩，渾如玉質，故以為喻。以下四句古名家雜劇本作：「三尺瑞雪埋素體，一腔鮮血染白練。霜降始知鄒衍屈，雪飛方表竇娥冤。」

㉘ 曾道來不道來：猶說過還是沒說過。是說案卷根本沒有說清楚犯罪事實，不明不白，難以令人信服。

㉙ 攝魂臺：民間傳說中由東岳大帝所掌管的鎮攝鬼魂之處所。雲笈七籤五岳真形圖序：「東岳泰山君，領群神五千九百人，主治死生，百鬼之主帥也。」傳說東岳大帝即商紂時鎮國武成王黃飛虎，乃姜子牙拜壇封神時所封。他總管天地人間吉凶禍福，執掌幽冥地府一十八層地獄。博物志中又說，泰山，天帝孫也，主招人魂魄，知人命修短。道教則謂東岳泰山神是盤古後裔金輪王少海氏的兒子金虹氏，他掌管十

蒙聖主差。端詳這文冊，那廝亂綱常，合當敗。便萬剮了喬才㉛，還道報冤仇不暢懷！（竇天章做泣科，云）哎，我那屈死的兒，則被你痛殺我也！我且問你：這楚州三年不雨，可真個是為你來？（魂旦云）是為你孩兒來。（竇天章云）有這等事？到來朝，我與你做主。（詩云）白頭親苦痛哀哉，屈殺了你個青春女孩。只恐怕天明了，你且回去，到來日我將文卷改正明白。（魂旦暫下）（竇天章云）呀，天色明了也。張千，我昨日看幾宗文卷，中間有一鬼魂來訴冤枉。我喚你好幾次，你再也不應，直恁的好睡那？（張千云）我小人兩個鼻子孔，一夜不曾閉，並不聽見女鬼訴什麼冤狀，也不曾聽見相公呼喚。（竇天章做叱科，云）嗯！今早升廳坐衙，張千喝攛廂者。（張千做吆喝科，云）在衙人馬平安㉜！擡書案！（稟云）州官見。（外扮州官入參科）（張千

八地獄、六案簿籍及七十二司，其中第二司主管「生死勾押推勘」，當即是攝魂臺之所在了。蝴蝶夢雜劇第二折包待制上場詩云：「閻王生死殿，東岳攝魂臺。」

㉚ 一靈兒：指人的心靈與靈魂。此指竇娥的魂靈。劉弘嫁婢雜劇楔子沖末扮李遜云：「孤窮李遜今朝喪，天使文人不到頭，屍骸未入棺函內，一靈先到洛陽游。」

㉛ 萬剮了喬才：萬剮，古時一種酷刑，即一刀一刀將肉從骨頭上剔下來，故俗亦稱「殺千刀」、「千刀萬剮」，書面語則作「淩遲」或「剮刑」。喬才，亦作「喬材」、「喬人」。詈詞，猶無賴、惡棍或壞種。酷寒亭雜劇第四折正末扮宋彬唱〔鴛鴦煞〕：「將這廝吃劍喬材，任逃走向天涯外，我也少不得手到拿來。」

㉜ 在衙人馬平安：為官員升堂審案前衙役吆喝的慣語，以俟堂上安靜下來，並祈吉利。蝴蝶夢雜劇第二折張千喝云：「在衙人馬平安，喏！」

云）該房吏典見。（丑扮吏入參見科）（竇天章問云）你這楚州一郡，三年不雨，是為著何來？（州官云）這個是天道亢旱，楚州百姓之災。小官等不知其罪。（竇天章做怒云）你等不知罪麼？那山陽縣，有用毒藥謀死公公犯婦竇娥，他問斬之時，曾發願道：若是果有冤枉，著你楚州三年不雨，寸草不生，可有這件事來？（州官云）這罪是前升任桃州守問成的，現有文卷。（竇天章云）這等糊塗的官，也著他升去！你是繼他任的，三年之中，可曾祭這冤婦麼？（州官云）此犯係十惡大罪，原不曾有祠，所以不曾祭得。（竇天章云）昔日漢朝有一孝婦守寡，其姑自縊身死，其姑女告孝婦殺姑，東海太守將孝婦斬了。只為一婦含冤，致令三年不雨。後于公治獄，彷彿見孝婦抱卷哭於廳前，于公將文卷改正，親祭孝婦之墓，天乃大雨。今日你楚州大旱，豈不正與此事相類？張千，分付該房簽牌下山陽縣[33]，著拘張驢兒、賽盧醫、蔡婆婆一起人犯火速解審，毋得違誤片刻者。（張千云）理會得。（下）（丑扮解子，押張驢兒、蔡婆婆同張千上。稟云）山陽縣解到審犯聽點[34]。（竇天章云）張驢兒。（張驢兒云）有。（竇天章云）蔡婆婆。（蔡婆婆云）有。（竇天章云）怎麼賽盧醫是緊要人犯不到？（解子云）賽盧醫三年前在逃，一面著廣捕批緝拿[35]去了，待獲日解

---

[33] 分付句：謂通知簽署逮捕令發付到山陽縣。分付，同「吩咐」。該房，值班，亦指值班的人。這裏指當值的書吏。魔合羅雜劇第三折府尹云：「這樁事是前官斷定，蕭令史該房。」簽牌，這裏指簽發逮捕令。山陽縣，即江蘇省淮安縣。晉置，宋改為淮安，元復稱山陽，明清皆為淮安府治。民國後改為淮安縣。

[34] 審犯聽點：案犯聽候點名。

審㊱。（竇天章云）張驢兒，那蔡婆婆是你的後母麼？（張驢兒云）母親好冒認的？委實是。（竇天章云）這藥死你父親的毒藥，卷上不見有合藥的人，是那個合的毒藥㊲？（張驢兒云）是竇娥自合就的毒藥。（竇天章云）這毒藥必有一個賣藥的醫舖。想竇娥是個少年寡婦，那裏討這藥來？張驢兒，敢是你合的毒藥麼？（張驢兒云）若是小人合的毒藥，不藥別人，倒藥死自家老子？（竇天章云）我那屈死的兒嚛，這一節是緊要公案，你不自來折辯，怎得一個明白？你如今冤魂卻在那裏？（魂旦上，云）張驢兒，這藥不是你合的，是那個合的？（張驢兒做怕科，云）有鬼有鬼，撮鹽入水。太上老君急急如律令敕㊳！（魂旦云）張驢兒，你當日下毒藥在羊肚兒湯裏，本意藥死俺婆婆，要逼勒我做渾家。不想俺婆婆不吃，讓與你父親吃，被藥死了。你今日還敢賴哩！（唱）

【川撥棹】猛見了你這吃敲材㊴，我只問你這毒藥從何處來？你本意待暗裏栽排㊵，要

㉟ 著廣捕批緝拿：命令擴大範圍通緝、捉拿。

㊱ 獲日解審：捕獲後押解來審判。

㊲ 是那個合的毒藥：此句原脫一「合」字，據上下文意補。

㊳ 太上句：太上老君為道教所尊祖師，即老子。如律令，本為漢代公文末尾的慣用語，意為按律令辦理，前面加「急急」二字，猶速速辦理。後道教模仿這一套語，用在符咒末尾，意為盡快實現所祈求的願望。敕，猶命令，自上命下之詞。這裏是張驢兒心虛害怕，祈求太上老君敕命，保佑自己平安無虞的意思。一說律令是雷神中跑得最快的一個，急急如律令是說祈求神仙保佑，越快越好。

逼勒我和諧㊶，倒把你親爺毒害，怎教咱替你耽罪責？

（魂旦做打張驢兒科）（張驢兒做避科，云）太上老君急急如律令敕！大人說這毒藥，必有個賣藥的醫舖，若尋得這賣藥的人，來和小人折對，死也無詞。（丑扮解子解賽盧醫上，云）山陽縣續解到犯人一名賽盧醫。（張千喝云）當面㊷。（竇天章云）你三年前要勒死蔡婆婆，賴他銀子，這事怎麼說？（賽盧醫叩頭科，云）小的要賴蔡婆婆銀子的情是有的。當被兩個漢子救了，那婆婆並不曾死。（竇天章云）這兩個漢子，你認的他叫做什麼名姓？（賽盧醫云）小的認便認得，慌忙之際，可不曾問的他名姓。（竇天章云）現有一個在階下，你去認來。（賽盧醫做下認科，云）這個是蔡婆婆。（指張驢兒云）想必這毒藥事發了。（上云）是這一個。容小的訴稟：當日要勒死蔡婆婆時，正遇見他爺兒兩個，救了那婆婆去。過得幾日，他到小的舖中討服毒藥。小的是念佛吃齋人，不敢

㊴ 吃敲材：猶該死的賊囚。元人將杖殺叫作「敲」，詳元典章刑部。

㊵ 暗裏栽排：即暗地裏安排、謀劃，引申為陰謀設陷阱加害於人。亦作「差排」、「裁排」等。金鳳釵雜劇第三折正末扮趙鶚唱〔紅芍藥〕曲：「我想那戳包兒賊漢，栽排下不義之財。」

㊶ 和諧：指婚配。

㊷ 當面：將犯人押上大堂見官，衙役吆喝一聲，令其擡起頭來，謂之「當面」。漁樵記雜劇第三折正末扮張懺古云：「則見那扳脊粱不著的大漢，把老漢恰便似鷹拏燕雀，拏到那相公馬頭前，喝聲當面，著我磕撲的跪下。」

做昧心的事。說道：鋪中只有官料藥㊸，並無什麼毒藥。他就睜著眼道：你昨日在郊外要勒死蔡婆婆，我拖你見官去！小的一生最怕的是見官，只得將一服毒藥與了他去。小的見他生相是個惡的㊹，一定拿這藥去藥死了人，久後敗露，必然連累。小的一向逃在涿州地方，賣些老鼠藥。剛剛是老鼠被藥殺了好幾個，藥死人的藥其實再也不曾合。（魂旦唱）

【七弟兄】你只為賴財、放乖、要當災㊺。（帶云）這毒藥呵，（唱）原來是你賽盧醫出賣張驢兒買，沒來由填做我犯由牌㊻，到今日官去衙門在。

（竇天章云）帶那蔡婆婆上來！我看你也六十外人了，家中又是有錢鈔的，如何又嫁了老張，

㊸ 官料藥：由官方有關部門核准的、合法炮製與經營的藥材。

㊹ 生相是個惡的：面相生得凶惡。生相，長相。

㊺ 賴財句：賴賬、放刁使惡，是要災禍臨頭的。這是元曲中所謂的「六字三韻語」，即財、乖、災三字均押韻，「要」在這裏為襯字。元周德清中原音韻正語作詞起例：「六字三韻語：前輩周公攝政傳奇〔太平令〕云：『口來豁開兩腮』；西廂記〔麻郎么〕云：『忽聽一聲猛驚』、『本宮始終不同』。韻腳俱用平聲；若雜一上聲，便屬第二著。」此外，漢宮秋第三折〔七弟兄〕云：「〔說甚麼〕大王不當戀王嬙。」亦屬此等。

㊻ 犯由牌：公布犯人罪狀的召示牌，亦稱「犯由榜」。南宋周密武林舊事卷二元夕：「其前列荷校囚數人，大書犯由云：『某人為不合搶撲釵環，挨搪婦女。』」風雲會雜劇第二折正末扮趙匡胤唱〔烏夜啼〕曲：「呀！原來這犯由牌先把我渾身罩。」

做出這等事來？（蔡婆婆云）老婦人因為他爺兒兩個救了我的性命，收留他在家養膳過世。那張驢兒常說要將他老子接腳進來，老婦人並不曾許他。（竇天章云）這等說，你那媳婦就不該認做藥死公公了。（魂旦云）當日問官要打俺婆婆，我怕他年老，受刑不起，因此咱認做藥死公公。委實是屈招個㊼！（唱）

【梅花酒】你道是咱不該，這招狀供寫的明白。本一點孝順的心懷，倒做了惹禍的胚胎。我只道官吏每還覆勘，怎將咱屈斬首在長街！第一要素旗槍鮮血灑，第二要三尺雪將死屍埋，第三要三年旱示天災。咱誓願委實大。

【收江南】呀，這的是「衙門從古向南開，就中無個不冤哉」。痛殺我嬌姿弱體閉泉臺㊽。早三年以外，則落的悠悠流恨似長淮。

（竇天章云）端雲兒也，你這冤枉，我已盡知。你且回去。待我將這一起人犯，并原問官吏，另行定罪。改日做個水陸道場㊾，超度你生天便了。（魂旦拜科，唱）

【鴛鴦煞尾】從今後把金牌勢劍從頭擺，將濫官污吏都殺壞，與天子分憂，萬民除害。（云）我可忘了一件：爹爹，俺婆婆年紀高大，無人侍養，你可收恤家中，替你孩兒盡養生送死

㊼ 委實是屈招個：確實是屈打成招啊。委實，實在；的確。個，語助詞，無義。

㊽ 泉臺：這裏指墳墓。

㊾ 水陸道場：亦作「水陸大醮」、「水陸法會」。佛教中設法會誦經禮懺以超度死者亡靈的儀式。

之禮。我便九泉之下，可也瞑目。（竇天章云）好孝順的兒也。（魂旦唱）囑付你爹爹，收養我奶奶。可憐他無婦無兒，誰管顧年衰邁！再將那文卷舒開，（帶云）爹爹，也把我竇娥名下，（唱）屈死的招伏[50]罪名兒改。（下）

（竇天章云）喚那蔡婆婆上來。你可認的我麼？（蔡婆婆云）老婦人眼花了，不認的。（竇天章云）我便是竇天章。適纔的鬼魂，便是我屈死的女孩兒端雲。你這一行人，聽我下斷：張驢兒毒殺親爺，謀[51]占寡婦，合擬淩遲[52]，押付市曹中，釘上木驢[53]，剮一百二十刀處死。升任州守桃杌并該房吏典，刑名違錯，各杖一百，永不敘用。賽盧醫不合賴錢，勒死平民，又不合修合毒藥，致傷人命，發煙障地面[54]，永遠充軍。蔡婆婆我家收養。竇娥罪改正明白。（詞云）莫道我念

[50] 招伏：原作「於伏」，據古名家雜劇本改。

[51] 謀：原作「姦」，據酹江集本改。

[52] 淩遲：古代酷刑之一種，先將受刑者的肉一片片割下，最後再切斷咽喉，使其受盡折磨慢慢死去，俗亦稱「剮刑」。詳宋史刑法志。參見本折注[31]。

[53] 木驢：執行剮刑時一種布滿鐵刺的木製刑具。將受刑者四肢固定其上，下有輪子，行刑前驅馳著遊街示眾。南唐書卷八胡則傳：「即舁之木驢上，將磔之。」趙氏孤兒雜劇第五折魏絳云：「令人，與我將這賊釘上木驢，細細的剮上三千刀，皮肉都盡，方才斷首開膛，休著他死的早了。」

[54] 發煙障地面：發配到西南邊遠地區。障，亦作「瘴」，即所謂瘴氣，指深山叢林間蒸發出來的濕熱之氣，人觸之輒病瘧。古代發配充軍人犯，以滇、黔、粵、桂等地為多。三國志平話卷下：「不聞蠻景煙瘴，

亡女與他滅罪消愆，也只可憐見楚州郡大旱三年。昔于公曾表白東海孝婦，果然是感召得靈雨如泉。豈可便推諉道天災代有，竟不想人之意感應通天。今日個將文卷重行改正，方顯的王家法不使民冤。

題目　秉鑒持衡廉訪法
正名　感天動地竇娥冤㊺

瀘水蜈蚣巴蛇，乃蠻地毒物？」明實錄宣德實錄九：「如窩家懼罪不擒赴官、將逃軍轉遞他所藏匿者，不分軍民，俱發煙瘴地面充軍。」

㊺題目四句：元雜劇在全劇末尾處以四句或兩句對子概括劇情，前面稱「題目」，後面叫「正名」。正名就是劇名。演出時，把「題目正名」書於榜上，相當於今之海報，稱「招子」或「紙榜」。宦門子弟錯立身戲文第四出：「如今將孩兒到河南府作場多日，今早掛了招子，不免叫出孩兒來，商量明日雜劇。」杜善夫莊家不識勾欄套曲：「正打街頭過，見吊個花碌碌紙榜。」古名家雜劇本題目作：「後嫁婆婆忒心偏，守志烈女意自堅。」正名作：「湯風冒雪沒頭鬼，感天動地竇娥冤。」秉鑒，持鏡。封建官吏往往標榜自己「明鏡高懸」，清正如水。持衡，主持公道，不偏不倚。

附錄一

竇娥冤雜劇之本事

（漢）許慎　淮南子注（節錄）

庶賤之女，齊之寡婦，無子不嫁，事姑謹敬。姑無男有女，女利母財，令母嫁婦，婦終不肯，女殺母，以誣寡婦，婦不能自明，冤結叫天。（四部叢刊初編第七三冊，上海書店一九八九年版）

（漢）高誘　淮南子注（節錄）

庶賤之女，齊之寡婦，無子不嫁，事姑謹敬。姑無男有女，女利母財，令母嫁婦，婦益不肯。女殺母以誣寡婦。婦不能自明，冤結叫天，天為作雷電，下擊景公之臺。（四庫全書第八四八冊）

（漢）劉向　說苑卷五貴德（節錄）

丞相西平侯于定國者，東海下邳人也。其父號曰于公，為縣獄吏決曹掾，決獄平法，未嘗有所冤。郡中離文法者，于公所決，皆不敢隱情。東海郡中為于公生立祠，命曰于公祠。東海有孝婦，無子，少寡，養其姑甚謹。其姑欲嫁之，終不肯。其姑告鄰之人曰：「孝婦養我甚謹，我哀其無子守寡，日久我老，累丁壯，奈何？」其後母自經死，母女告吏曰：「孝婦殺我母。」吏捕孝婦，孝婦辭不殺姑，吏欲毒治，孝婦自誣服。具獄以上府，于公以為養姑十年以孝聞，此不殺姑也。太守不聽，數爭不能得，於是于公辭疾去吏。太守竟殺孝婦。郡中枯旱三年。後太守至，卜求其故，于公曰：「孝婦不當死，前太守強殺之，咎當在此。」於是殺牛祭孝婦冢，太守以下自至焉。天立大雨，歲豐熟，郡中以此益敬重于公。于公築治廬舍，謂匠人曰：「為我高門，我治獄未嘗有所冤，我後世必有封者，令容高蓋駟馬車。」及子，封為西平侯。（四庫全書第六九六冊）

（漢）班固　漢書卷七十一于定國傳（節錄）

于定國字曼倩，東海郯人也。其父于公為縣獄史，郡決曹，決獄平，羅文法者于公所決皆不恨。郡中為之生立祠，號曰于公祠。

東海有孝婦，少寡，亡子，養姑甚謹，姑欲嫁之，終不肯。姑謂鄰人曰：「孝婦事我勤苦，哀其亡子守寡。我老，久絫丁壯，柰何？」其後姑自經死，姑女告吏：「婦殺我母。」吏捕孝婦，孝婦辭不殺姑。吏驗治，孝婦自誣服。具獄上府，于公以為此婦養姑十餘年，以孝聞，必不殺也。太守不聽，于公爭之，弗能得，乃抱其具獄，哭於府上，因辭疾去。太守竟論殺孝婦。郡中枯旱三年。後太守至，卜筮其故，于公曰：「孝婦不當死，前太守彊斷之，咎黨在是乎？」於是太守殺牛自祭孝婦冢，因表其墓，天立大雨，歲孰。郡中以此大敬重于公。……

始定國父于公，其閭門壞，父老方共治之。于公謂曰：「少高大閭門，令容駟馬高蓋車。我治獄多陰德，未嘗有所冤，子孫必有興者。」至定國為丞相，永為御史大夫，封侯傳世云。（中華書局一九九七年版）

（晉）干寶　搜神記卷十一東海孝婦

漢時，東海孝婦，養姑甚謹。姑曰：「婦養我勤苦。我已老，何惜餘年，久累年少。」遂自縊死。其女告官云：「婦殺我母。」官收繫之，拷掠毒治。孝婦不堪苦楚，自誣服之。時于公為獄吏，曰：「此婦養姑十餘年，以孝聞徹，必不殺也。」太守不聽。于公爭不得理，抱其獄詞，哭於府而去。自後郡中枯旱，三年不雨。後太守至，于公曰：「孝婦不當死，前太守枉殺之，咎當在此。」太守即時身祭孝婦冢，因表其墓。天立雨，歲大熟。長老傳曰：「孝婦名周青。青將死，車載十丈竹竿，以懸五旛。立誓於眾曰：『青若有罪，願殺，血當順下；青若枉死，血當逆流。』既行刑已，其血青黃，緣旛竹而上標，又緣旛而下云。」（中華書局一九七九年版）

（南朝宋）范曄　後漢書卷七十六循吏列傳第六十六孟嘗傳（節錄）

孟嘗字伯周，會稽上虞人也。其先三世為郡吏，並伏節死難。嘗少脩操行，仕郡為戶曹史。

上虞有寡婦至孝養姑。姑年老壽終，夫女弟先懷嫌忌，乃誣婦厭苦供養，加鴆其母，列訟縣庭。郡不加尋察，遂結竟其罪。嘗先知枉狀，備言之於太守，太守不為理。嘗哀泣外門，因謝病去，婦竟冤死。自是郡中連旱二年，禱請無所獲。後太守殷丹到官，訪問其故，嘗詣府具陳寡婦冤誣之事。因曰：「昔東海孝婦，感天致旱，于公一言，甘澤時降。宜戮訟者，以謝冤魂，庶幽枉獲申，時雨可期。」丹從之，即刑訟女而祭婦墓，天應澍雨，穀稼以登。（中華書局一九七九年版）

附錄二

關漢卿生平及竇娥冤研究重要文章索引

1. 關漢卿不是金之遺民　胡適　原載天津益世報讀書周刊第十四期，見張月中主編元曲通融（上）第一一八三頁，太原，山西古籍出版社，一九九九年版
2. 關漢卿史料新得　趙萬里　北京，戲劇論叢，一九五七年第二輯
3. 一點補正　趙萬里　北京，戲劇論叢，一九五七年第三輯
4. 關於關漢卿的生平　蔡美彪　北京，戲劇論叢，一九五七年第二輯
5. 關漢卿生平續記　蔡美彪　北京，戲劇論叢，一九五七年第三輯
6. 關漢卿的創作道路　王季思　廣州，南國戲劇，一九五七年創刊號
7. 關於關漢卿研究的幾個問題　溫陵　北京，戲劇論叢，一九五八年三月號
8. 關漢卿和他的雜劇　王季思　北京，人民文學，一九五八年四月號
9. 關漢卿——我國十三世紀偉大的戲劇家　鄭振鐸　北京，戲劇報，一九五八年六月號

10. 關漢卿　趙景深　北京，勞動報，一九五八年六月二十四日
11. 關漢卿及其劇作　戴不凡　北京，文藝報，一九五八年十二月號
12. 與羅忼烈教授論元曲書(二)——關漢卿的年代和西廂記第五本作者問題　王季思　廣州，學術研究，一九七九年第四期
13. 論關漢卿的年代問題　羅忼烈　載兩小山齋論文集，北京，中華書局，一九八二年版
14. 關漢卿與關一齋　黃天驥　見冷暖集第一五七頁，花城出版社，一九八三年版
15. 關漢卿小傳——關漢卿生平探索　徐沁君　黃石，黃石師範學院學報，一九八三年第二期
16. 關漢卿故里考察記　常林炎　石家莊，河北師範學院學報，一九八五年第四期
17. 關漢卿里居考辨　吳曉鈴　石家莊，河北師範學院學報，一九八七年第二期
18. 關漢卿行年考——元曲家考略續編之一　孫楷第　見元曲通融(上)第一二四三頁，太原，山西古籍出版社，一九九九年版
19. 關漢卿的年代問題——與孫楷第先生商榷　蘇夷　原載戲劇論叢一九五三年第一輯，見元曲通融(上)第一二四四頁，太原，山西古籍出版社，一九九九年版
20. 關漢卿為太醫院尹說　王鋼　長春，東北師範大學學報，一九八八年第二期
21. 關漢卿叢考　張月中　見元曲通融(上)第一一八八頁，太原，山西古籍出版社，一九九九年版

22. 關漢卿籍貫考述　徐子方　太原，晉陽學刊，一九九七年第四期

23. 關漢卿官職考　梁沛錦　原載九龍華仁書院一九六五年校刊，見元曲通融（上）第一二三五頁，太原，山西古籍出版社，一九九九年版

24. 關漢卿行年考辯　梁沛錦　原載香港中文大學新亞研究所月會報告，見元曲通融（上）第一二四五頁，太原，山西古籍出版社，一九九九年版

25. 關漢卿身份考述——兼評「院戶」說種種　徐子方　北京，戲曲研究，一九九八年第五十四輯

26. 關漢卿身世考　（日）金文京　一九九八年北京元代文化研討會論文，見北京師範大學古籍所編元代文化研究（第一輯）第五一五頁，北京師範大學出版社，二〇〇一年版

27. 關漢卿研究及其展望　曾永義　一九九四年國際關漢卿研討會論文，見元曲通融（下）第一五一九頁，太原，山西古籍出版社，一九九九年版

28. 談關漢卿及其作品竇娥冤和救風塵　王季思　北京，光明日報，一九五六年三月二十五日

29. 略談竇娥冤　沈祖棻　北京，語文教學，一九五七年第七期

30. 馬致遠的秋思和關漢卿的竇娥冤　王季思　北京，語文學習，一九五七年第十一期

31. 談關漢卿的竇娥冤　陳志憲　北京，光明日報，一九五八年四月三日

32. 竇娥冤與東海孝婦　香文　北京，戲劇論叢，一九五八年第二期

33. 竇娥冤的創作年代　劉世德　北京，光明日報，一九六二年九月三十日
34. 怎樣看待竇娥冤及其改編本　馮沅君　北京，文學評論，一九六五年第五期
35. 竇娥冤評價中的幾個問題　金寧芬　北京，光明日報，一九六五年九月十二日
36. 關於竇娥冤的評價問題　陳毓羆　北京，文學評論，一九六五年第五期
37. 論關漢卿的竇娥冤　李漢秋　合肥，安徽大學學報，一九七七年第三期
38. 談談對竇娥冤的評價問題　張德鴻　昆明，昆明師範學院學報，一九七九年第一期
39. 關於竇娥冤的評價問題——與張德鴻同志商榷　齊森華　昆明，昆明師範學院學報，一九七九年第二期
40. 重評竇娥冤　張人和　吉林，吉林師範大學學報，一九八〇年第二期
41. 對吳小如先生評竇娥冤的幾點意見　周月亮　石家莊，河北師範學院學報，一九八〇年第四期
42. 驚天動地的吶喊——談竇娥冤的悲劇精神　寧宗一　原載語文教學通訊，見元曲通融(下)第一五七六頁，太原，山西古籍出版社，一九九九年版
43. 道德·鬼魂·清官——關劇竇娥冤三題　黃克　西安，古典文學論叢，一九八二年第一輯
44. 竇娥冤故事源流漫述　祝肇年　北京，戲曲研究，一九八二年第六輯
45. 竇娥冤三考　徐沁君　黃石，黃石師範學院學報，一九八三年第四期

46. 關漢卿和社會悲劇竇娥冤　霍松林　西安，陝西教育，一九八三年第四期
47. 淺談竇娥冤　徐朔方　見元雜劇鑑賞集，北京，人民文學出版社，一九八三年版
48. 竇娥冤試析　黃克　見元雜劇鑑賞集，北京，人民文學出版社，一九八三年版
49. 關於竇娥冤的幾個問題　姜志信、劉文義　石家莊，河北大學學報，一九八四年第四期
50. 寫出理想的光輝——試談竇娥冤與哈姆萊特的悲劇結尾　林風　大連，遼寧師範大學學報，一九八五年第三期
51. 竇娥節、孝觀念摭議　陳若帆　石家莊，河北大學學報，一九八五年第一期
52. 竇娥冤版本評議　王鋼　見文學論叢，河南人民出版社，一九八五年第三輯
53. 關劇文化意蘊發微　郭英德　北京，戲曲研究，一九八九年總第三十輯
54. 論關漢卿的悲劇意識　張燕瑾　原載關漢卿研究新論，見元曲通融（下）第一五〇二頁，太原，山西古籍出版社，一九九九年版
55. 關漢卿和他的雜劇竇娥冤　吳國欽　原載名家論名劇，見元曲通融（下）第一五五三頁，太原，山西古籍出版社，一九九九年版
56. 倫理精神與憂患意識——論關漢卿悲劇　劉凱軍　原載關漢卿研究新論，見元曲通融（下）第一三五七頁，太原，山西古籍出版社，一九九九年版
57. 臧懋循改寫竇娥冤研究　（美）奚如谷　北京，原載文學評論一九九二年第二期，見元曲

通融（下）第一五七一頁，太原，山西古籍出版社，一九九九年版
58. 論元曲選本竇娥冤及其給我們的啟示 鄭尚憲 原載中華戲曲一九八八年第二期，見元曲通融（下）第一五七六頁，太原，山西古籍出版社，一九九九年版
59. 欲望的無望掙扎 李忠明 南京，藝術百家，二〇〇三年第四期
60. 絕望的毀滅——從關漢卿創作心態看竇娥冤的悲劇指向 張默瀚、白茂華 南京，藝術百家，二〇〇四年第二期

中國古典名著

專家校注考訂　古典小說戲曲大觀

世俗人情類

紅樓夢　饒彬校注
脂評本紅樓夢　馬美信校注
金瓶梅　劉本棟校注
老殘遊記　田素蘭校注
平山冷燕　張國風校注
品花寶鑑　徐德明校注
野叟曝言　黃珅校注
綠野仙踪　葉經柱校注
禪真逸史　黃珅校注
海上花列傳　姜漢椿校注
九尾龜　楊子堅校注
醒世姻緣傳　袁世碩、鄒宗良校注
三門街　嚴文儒校注
花月痕　趙乃增校注
孽海花　葉經柱校注
魯男子　黃珅校注
遊仙窟　玉梨魂（合刊）　黃瑚、黃珅校注
筆生花　黃明校注
浮生六記　陶恂若校注
玉嬌梨　石昌渝校注
好逑傳　石昌渝校注
啼笑因緣　束忱校注
歧路燈　侯忠義校注

公案俠義類

水滸傳　繆天華校注
兒女英雄傳　繆天華校注
三俠五義　張虹校注
七俠五義　楊宗瑩校注
小五義　李宗為校注
續小五義　文斌校注
蕩寇志　侯忠義校注
綠牡丹　劉倩校注
羅通掃北　劉倩校注
楊家將演義　楊子堅校注
萬花樓演義　陳大康校注
粉妝樓全傳　陳大康校注
七劍十三俠　張建一校注
包公案　顧宏義校注
海公大紅袍全傳　楊同甫校注
施公案　黃珅校注
乾隆下江南　姜榮剛校注

歷史演義類

三國演義 饒彬校注
東周列國志 劉本棟校注
東西漢演義 朱恒夫校注
隋唐演義 嚴文儒校注
說岳全傳 平慧善校注
大明英烈傳 楊宗瑩校注

神魔志怪類

西遊記 繆天華校注
封神演義 楊宗瑩校注
濟公傳 楊宗瑩校注
三遂平妖傳 楊東方校注
南海觀音全傳 達磨出身
傳燈傳（合刊） 沈傳鳳校注

諷刺譴責類

儒林外史 繆天華校注
官場現形記 張素貞校注
文明小史 張素貞校注
鏡花緣 尤信雄校注
二十年目睹之怪現狀 石昌渝校注
何典 斬鬼傳 唐鍾馗平
鬼傳（合刊） 鄔國平校注

擬話本類

拍案驚奇 劉本棟校注
二刻拍案驚奇 徐文助校注
喻世明言 徐文助校注
警世通言 徐文助校注
醒世恒言 廖吉郎校注
今古奇觀 李平校注
豆棚閒話 照世盃（合刊）
陳大康校注
石點頭 李忠明校注
十二樓 陶恂若校注
西湖佳話 陳美林、喬光輝校注
西湖二集 陳美林校注
型世言 侯忠義校注

著名戲曲選

竇娥冤 王星琦校注
漢宮秋 王星琦校注
梧桐雨 王星琦校注
琵琶記 江巨榮校注
第六才子書西廂記 張建一校注
牡丹亭 邵海清校注
荊釵記 趙山林校注
荔鏡記 趙山林、趙婷婷校注
長生殿 樓含松、江興祐校注
桃花扇 陳美林、皐于厚校注
雷峰塔 俞為民校注
倩女離魂 王星琦校注

長生殿

洪昇／著　樓含松、江興祐／校注

《長生殿》是清代著名劇作家洪昇的代表作品，成功地演繹了唐明皇與楊貴妃之間悲歡離合的愛情故事，為中國古典戲劇的經典之作。本書以稗畦草堂本為底本，並參校其他諸多版本，注釋側重疑難詞語的含義和闡述典故，對角色、時間、人名、地名以及紀年等作簡明扼要的說明，同時注明各戲下場詩的出處，並附書影及暖紅室初刻本插圖，實為集前人和當代學者研究之大成的優質版本。

國家圖書館出版品預行編目資料

竇娥冤／關漢卿撰;王星琦校注.——二版一刷.——
臺北市：三民，2020
面；　公分.——(中國古典名著)

ISBN 978-957-14-6816-7（平裝）

853.557　　109005445

中國古典名著
竇娥冤

作　　者	關漢卿
校 注 者	王星琦
封面繪圖	劉　憶
發 行 人	劉振強
出 版 者	三民書局股份有限公司
地　　址	臺北市復興北路 386 號 (復北門市) 臺北市重慶南路一段 61 號 (重南門市)
電　　話	(02)25006600
網　　址	三民網路書店 https://www.sanmin.com.tw
出版日期	初版一刷 2010 年 6 月 初版二刷 2018 年 3 月 二版一刷 2020 年 6 月
書籍編號	S857300
I S B N	978-957-14-6816-7